余命半年の僕と千年の恋人

CROSS NOVELS

華藤えれな
NOVEL: Elena Katoh

氷堂れん
ILLUST: Ren Hidoh

CROSS NOVELS

CONTENTS

CROSS NOVELS

CONTENTS

余命半年の僕と千年の恋人

華藤えれな

イラスト　氷堂れん

1　愛するだけでいい

今日は、月に一度の給料日。ユイにとって最高に幸せな日だ。

給料の明細を確認したあと、必ずむかう場所がある。美しい劇場がたくさん建ちならぶ一角の裏通りにひっそりと店をかまえる小さなティールームだ。

扉をひらくと、ふわっと湯気に乗った紅茶の心地いい香りに全身を包まれる。

「いらっしゃいませ、どうぞこちらへ」

見知ったウエイターがモニターの見える席に案内してくれる。

ここに通うようになって半年が過ぎた。

今日で六回目になるが、ちゃんと常連客とみなしてくれているようだ。

店内はそんなに広くはない。ランプ型の照明がぎりぎりまで落とされたアンティークな空間となっている。

ビンテージ感をただよわせたダークブラウンの壁、同系色の丸いテーブルとモスグリーンの一人掛けソファ。

木の床は歩いただけでギシギシと軋《きし》んだ音を立て、この店の歴史の古さを物語っている。

周囲の劇場のライブ配信をティーポット一杯分で楽しめるというのもあって、地元民の間でひそかに人気の空間となっている。

ユイの給料日——その第四金曜日の夜には、いつも国立劇場で行われている交響楽団の定期公演が配信される。

以前は話題にもならなかった地味な公演だったけれど、半年前に就任した若手の指揮者——クライヴ・ランバートが大人気で、今では毎回チケットが売り切れてしまうようになった。

そんなチケット難民がライブ配信を観ようとここにもやってくるが、店側は地元民の常連以外、入れないようにしている。

今日は月に一度の、その大事な日だ。ここにはドレスコードはない。どんなに貧しい格好をしていても、紅茶しかたのまなくても、定期公演のある三時間、笑顔でひとときの幸せを与えてくれる空間になるのがうれしい。

「すてきなリングのネックレスですね」

ティーポットを運んできたウエイターがユイの首筋にかかったハート型のペンダントにちらりと視線をむける。

——あ……これ。

ユイは口元をほころばせた。

子供のときにクリスマスにもらった宝物だ。

なくしたくないのでふだんはしまっているのだが、今日はアイルランドでは成人となる十八歳の誕生日なのでつけることにした。

ここのメニューもそう。少しだけ奮発して、以前からずっと食べてみたかったアフタヌーンティーのセットをたのんでみた。いつもは一番安いキャロットケーキかドライフルーツのケーキだけど、今日は特別だ。

「さあ、どうぞ」

運ばれてきたのは三段重ねのティースタンドにのった華やかなセットだった。

「わあ」

思わず声をあげてしまった。胸がドキドキしてしまいそうな、遊園地にでも遊びにきた気持ちになりそうな愛らしさだ。

上段にはふわふわのライ麦パンに、卵ときゅうり、ハムとサワークリーム、サーモンとチーズがたっぷりとはさまったサンドイッチ。中段はプレーンとレーズンのスコーンにクロテッドクリームとブルーベリージャム。それから下段にはイチゴとラズベリーのスポンジケーキとチョコレートエクレアが並んでいる。

紅茶は、ダージリンにした。さっぱりとした味わいなので、このアフタヌーンティーにとてもあうだろう。

「では、ごゆっくり」

「ありがとう」

今日の配信は、チャイコフスキーの交響曲第五番だった。

音楽のくわしいことはわからないけれど、これはチャイコフスキーにとっての「運命」の交響曲だといわれているそうだ。

大好きな人が指揮をするドラマチックな音楽の配信を観ながら、おいしいサンドイッチをほおばる。

何て最高の誕生日だろう。

この店のなかでも卵のサンドイッチとスコーンは絶妙だと評判だ。卵と一緒に小さく刻まれたきゅうりが挟まれていて噛み締めるたび、濃厚な卵のコクときゅうりの水分と歯ごたえが絶妙にあっていて一気に幸せな気持ちになる。

次に中段のスコーンに手を伸ばす。まだあたたかいスコーンなんて初めて食べたように思う。濃厚なクロテッドクリームがとろっと溶けてスコーンに染みこみ、口のなかに入れたとたん、ほろほろと蕩《とろ》けてあまりのおいしさにびっくりした。

——最高だな、今年の誕生日は……。

配信が終わったあとも、ユイはしばらくぼんやりとしていた。

見た目はとてもクールなのに、クライヴが創る音楽はとても熱くて激しい。エネルギッシュな音の洪水に、聴いている間、なにもできないほど圧倒され、窒息したようになる。

それだけではない、そのむこうに心を浄化してくれるような美しさがあり、いてもたってもいられない清らかな空気が全身に流れこんでくるのだ。

そのせいなのかわからないけれどクライマックスに近づくにつれ、だんだんさみしくなってきて胸が痛む。

そして演奏が終わったあとは、祭が終わった翌朝とでもいうのか、一気に胸の底が空っぽになってしまったような、なにか大切なものが通り過ぎていったようなわびしさを感じてしまう。

そのせいかここから離れられないのだ。少しでも動くと、華やかで甘い祭の気分から、一瞬で現実にもどってしまう気がして……。

それでも客が立ち始め、閉店の時間になると、ユイも席を離れる。最後に店に置かれた劇場のアンケート用紙に感想を記入して投函《とうかん》してから店を出るのだ。匿名《とくめい》で、でも、しっかりと丁寧に自分の感動を言葉にしておかなければと思っていた。

これが自分にできる唯一のことだから。

それでも彼の姿を見て、こうして応援できるのはとても幸せなことだ。たとえ遠くからであっても。

そう思って、一カ月に一度のこの日をユイは生きる支えにしていた。

天国にいるような幸せな時間……。

こういうのがいい。このくらい離れた距離からそっと彼を応援する。

そうでなければ、また彼を不幸にしてしまう。今度は彼を喪《うしな》ってしまうかもしれないから。

記憶に残る声が重々しく耳の奥で響かない日はない。

『もう二度とクライヴの前に姿を見せないで』

『クライヴを殺す気？』

頭の奥でこだまし続ける、呪いのような声の響きがユイのなかから消えたことはない。

クライヴの近くに行ってはいけない。彼に触れてはいけない。愛していることを告げてはいけない。ましてや愛されたいなんて願ってはいけない。

そう、二度と会ってはいけない。

だからこうしているのが一番いい。絶対に会わない。彼に近づかない。

――愛するだけでいい、ぼくだけが愛するだけで。

ずっとそう決意していた。何年も前から、自分に課した厳しい戒めとして。

この日もそうして店をあとにした。

まさかその翌月に、彼——クライヴに再会してしまうとも知らないまま。


カタン、タタン、タタン、タタン……。

遠くから路面電車の始発の音が聞こえるころ、ほぼ同時に枕元《まくらもと》の目覚まし時計が鳴りはじめる。祖母の代から使っている小さなアナログ時計だ。

「……っ」

まだ頭のなかには深い夢の底をさまよっている感覚が残っている。

もう少しまどろんでいたかったけれど、けたたましく鳴り響く時計の音に無理やり覚醒させられてしまう。

「ん……」

ベッドでうずくまったまま、ユイは枕元に手を伸ばした。早く消さないと、上階の住人が「うるさい」と床を踏み鳴らしてしまう。ここはボロボロの古いアパートだから。

手さぐりしているうちに指先が当たり、あっけなく時計が床に落ちていく。

しまった……。

「……あ……」

ベッドから這《は》いでて時計に触れると、ぱたりと音が止まる。電池が飛びでてしまったようだ。

蓋がないので、ちょっとした振動ですぐにポロリとこぼれ落ちてしまう。

母が使っていたころからこの状態だ。

今日こそ直そう、テープでも貼《は》ろうと思うものの、生活に支障があるわけでもないので、結局、そのまま放置してしまう。

でもそろそろ寿命かもしれない。最近、音の鳴り方がおかしくなっている。早くなったり遅くなったり。使えないわけではないからいいんだけど。

「……買い換えるお金もないし……まあ、いいか」

時計をもとの場所にもどすと、ユイは壁にかかった鏡に映る顔を見た。

さらさらとした薄茶色の髪の毛と眸《ひとみ》。色素が薄く、血の気のない人形のような風貌、ほっそりとした体型はとても十八歳には見えない。まだ子供のようだ。

下睫毛から目元のあたりがぐっしょりと濡れている。泣いていたらしい。

――夢のせいだ。いつもの……夢。あの夢を見ると、必ず目元が濡れている。それに胸が締めつけられそうなほど痛い。

それなのに目覚めると、どんな夢だったかはっきりと思いだせないのだ。

ただ眠っているときの、夢の深層部にどっぷりと入りこんでいた濃密な感覚だけが残っている。

けれど覚醒したとたん、一瞬で夢がどこかに遠ざかってしまったかのように、混沌《こんとん》とした曖昧《あいまい》なイメージしか残っていないのだ。

うっすらとおぼえているのは霧のかかった湖にむかって、さまよっている自分だ。

静かな明け方の湖畔には、ケルト十字の建ち並ぶ墓地があり、そこに一人の男が立っている。

長い髪、風になびくマント——中世の騎士のようなシルエット。

あなたは誰ですか、どうしてそんなところにいるのですか？

近づいていくと人影が離れていく。

『……っ！』

ユイは必死になにか叫んでいる。

『待って……』

待って……と呼び止めている気がする。けれど人影の耳には届かない。

見る見るうちにどんどん遠ざかっていく。

それがたまらなく哀しくて、どうしようもない焦燥感に胸が痛くなってしまう。

夢のなかでユイはその人影の相手をとても愛しく思っている。

その狂おしさ、切なさが胸に広がったままだ。いつもその感覚は変わらない。

夢のなかでは、誰かを愛していた。

だからきっと泣いているのだ。クライヴなのかどうかわからないけれど、もしかしたらそうなのかもしれない。

髪型も雰囲気も違うけれど、夢というのはそういう不確かなものだ。

——ぼくが追いかけているのは……初恋のクライヴだと思う。毎日毎日、彼のことばかり考えているから。

もう何年も会っていないのに、今も大好きで大好きで仕方ないから。

けれどユイの現実世界は切なさとも狂おしさとも無縁だ。

どこからともなく隙間風《すきまかぜ》が入ってくる古いアパートの半地下のワンルームで、ひとり暮らしをしている。

かびの匂いがしみつき、点滅をくりかえす電球に、ぽとぽととずっと水音を立てているキッチンの水道。

ビニールカーテンだけで仕切られたシャワーブースとトイレの壁はひび割れている。

けれどそんなことはどうでもいい。全然、気にならない。

どのみち、朝早くから夜遅くまで仕事に行くのでここにはいない。帰ってきてシャワーに入って寝るだけの場所だからだ。

毎日毎日、同じことのくりかえしが続いている。この生活のなかで、誰かに対して狂おしい思いを抱くこともないし、そんな触れあうきっかけもない。

『ユイ、あなたは、クライヴを殺す気?』

ふっと耳によみがえる声。呪いのように、ユイはもうずっとその声に縛られている。

その言葉を思いだし、自分は誰かを愛することはできないのだと己に言い聞かせる。いつものように、切ない夢を見たあと、必ずくりかえす儀式のような行為だ。

——それにしても、あれはどこだろう。行ったことがあるような、ないような、だけど確かじゃない、あの霧の湖……。

どのあたりだろうと思っても、そんな場所は、この国にはいたるところに存在しているので見当がつかない。

霧と湖の国——アイルランドでは、めずらしい光景ではないのだ。

いつか見つかればいいのにとは思うけれど、いつまでも見つからない気がする。

誰かを愛している夢の自分の居場所。

涙を流すほどの切なさに胸が締めつけられるような感覚。

それが自分には永遠にこないのだと思い知ることになるのは、その翌日の午後だった。

ユイは仕事中に立ちくらみをおぼえて倒れ、幾度かの検査の果てに余命宣告を受けることになったのだ。


その日は肌寒い日だった。秋が始まったばかりだというのに、もう冬のような風が吹いている。アイルランドの美しく短い夏はあっという間に過ぎてしまった。

「……それで、ユイくん、きみの検査の結果だが――」

はっきりとそれを告げられた瞬間、ああ、ついにという気持ちが胸に広がっていく。

水が流れるように、花びらや木の葉が舞い落ちるように、命というものは意外なほど儚く消えてしまうものだと、それまでも何となくわかっていたことを改めて実感した。

「残念だけど……」

残念だけど、残念だけど、残念だけど……。

当たり前のように、そんな枕詞《まくらことば》を入れてくる医師の言葉が耳を通りぬけていく。

医師が去ったあと、看護師が点滴の準備を始める。

「では、今から点滴を。三十分ほど安静にね」

ぎこちない笑みに「はい」とうなずく自分の表情は皮膚がはりついたようになっているのがわかった。目もともほおも口もこわばっている。それなのに不思議と瞳の奥は渇いている。喉《のど》も同じ。涙も嗚咽《おえつ》も出てこない。

ただ、タタ、タタン、タタン、タタン、タタン……と、窓を揺らす鉄道の振動が奇妙なほど大きく感じるだけ。

ついさっきまで晴れていたのに、窓の外には深い霧がたちこめ始めている。この街特有の天候だ。

ここ——ダブリンにある医科大学病院はアイルランド随一の巨大な病院だが、中世には修道院だったらしく、建物はとても古い。

その玄関近くにある救命救急病棟の、無機質な白い処置室の窓際のベッドに横たわったまま、点滴を受けながら、ユイはぼんやりと医師の言葉を耳の奥で反芻《はんすう》させていた。

——そうか、そうなのか。もう半年しか生きられないのか。

ついにやってきた。

ずっと前から、この日がくることは覚悟していた。

けれど、さすがに「このままなにもしなければ、あと半年も心臓がもたない」と具体的な余命宣告をされてしまうと、胸の奥が一瞬で凍結したような冷たい痛みにかたまる。

こめかみのあたりから血の気がひき、ベッドのシーツに体温が吸いこまれていくような感覚にふぅと重いため息が漏れたとき、先ほどの医師がもどってきた。

「ちょっといいかな、今後のことで話があるんだけど。あ、そうだ、自己紹介していなかったね、私はきみの担当医のガードナーだ。よろしく」

三十代後半くらいだろうか、焦げ茶色の髪と目をした、優しそうな雰囲気の医師だ。

「きみ、東洋系の顔をしているけど、移民？」

ガードナーという医師からの問いかけに、「違う」と、ユイは小さく声を返した。

「年齢は？」

「十八」

「そうか、若く見えるから、中学生くらいかと思ったよ」

「先生、中学生はないですよ、彼はここの病院で働いているんですよ。リネン室で」

ユイの代わりに答えてくれたのは、点滴の準備をしていた年配の女性看護師のカリンだ。

この大学病院の片隅にあるリネン管理室、そこがユイの職場である。

入院患者用のシーツやタオルは業者にクリーニングを依頼しているが、各病棟をまわり、そうしたリネン類の交換をするのがユイの仕事だった。

「よく知っているな、カリン」

「何度か見かけたことがあるので。顔色が悪いし、今にも折れそうなほど細いから気になっていたんですよ。やっぱりどこか悪かったのね」

昨日の昼前、ユイは仕事中に貧血のような症状で倒れ、そのままここの救命救急に運ばれてきた。

それから半日かけて検査をして、そして今、その結果を知らされたわけだが。

「ここの職員ならＩＤが登録されているな。事務局に連絡して入院の手続きを」

「あっ、待って、ぼく……入院はちょっと……」

無理だ、ここの入院費……。一ユーロだって余裕はないのに。

父親は日本人、母親はケルト系のアイルランド人だ。

このアイルランドの首都ダブリンで生まれ育ったものの、今、身内はひとりもいない。友人もいない。

「だが、精密検査をしないと」

「でもこのままだと治らないなら同じだから。ぼく、この日がくるの、ずっと知っていたので」

「知っていた？」

「うん、母さんがそう言ってたんだ。ぼくの家系には遺伝性の不治の病があって……男の子は特に育たないって。だからぼくも小柄で子供みたいな外見だし、声も子供のまま」

「子供のままっていうか、たしかに透明感のある綺麗な声をしているね。で……男の子は特に育たないなら、女性は？」

「女性はもう少し大丈夫みたい。お祖母《ばあ》ちゃんは大丈夫だったけど……曾祖母《ひいばあ》ちゃんも大叔母さんもこの病気を発病して、二十代の真ん中くらいで亡くなったみたいなんだ。母さんは事故で亡くなったので、病気で死んだわけじゃないけど、発病はしていた」

母のタラはこの国の人間だった。

歌が得意だったのもあり、ダブリンのテンプルバー付近のパブでショー歌手として働いているとき、夏の間だけアイリッシュダンスを学びにきていた父と知りあったらしい。

日本で人気のあるステージダンサーだったらしく、長身の綺麗な顔立ちだったとか。

『子供が生まれたら日本で結婚してくれると言ってたのよ。それなのに本当に子供ができたらびっくりして逃げたの。もともと短期間だけのダンスのレッスンに来ていたし、旅先で遊んだわけね。綺麗なだけのいい加減な男だったわ』

母は子供ができたので歌手をやめ、そのまま彼と結婚して日本に行こうと思っていたそうだ。けれど捨てられてしまった。

『私を助けてくれるって言ったのに。最初、口説かれたときにね、私は長生きできない家系の人間だから恋愛はしない、子供も作っちゃいけないのと言って断ったのよ。そうしたら、日本はノーベル医学賞もたくさん出ていて、医学が優れているから、こっちにくればいい、子供ができても大丈夫だなんて言われて……私も、もしかしたらって夢を見てしまったのよ』

何というひどい男だ。あきらめていた未来が手に入るかもしれないと期待した分、母の失望も大きかったのだろう。

『こんなことなら子供なんて作るんじゃなかった。男の子は二十歳まで生きた話を聞いたことがないし、女性も長生きできる者はほとんどいないんだから。私もおまえも生まれてきちゃいけない人間だったのよ』

母はよくそんなふうに言っていた。

『先祖代々続く遺伝性の病気よ。とても残酷な病気なの。原因は不明、治療法もなし。いったん心臓が苦しくなったら、もうおしまい。それが発病のしるしだから、そのあとは、一年も心臓が持たないわ。私も発病したから……すぐに天国に旅立つはず』

やがて母は近づいてくる死の恐怖に耐えられず、結局、薬物に走り、朦朧《もうろう》として歩いていたとき、事故にあって亡くなってしまった。

それでも寿命はそう長くなかったようだ。

突然、心臓が締めつけられるように苦しくなり、そのまま意識を失ってしまうことがあったら、それが「発病」のしるし。

「めずらしい病気だよね、もう少し検査入院してほしい。金銭的なことなら、原因不明の難病として施設から補助が受けられるよ。ここの職員なら、給料面も補償してもらおう。いいね？」

「それは助かるけど……でも治療法はないって、母さんが」

「これまできちんと検査していなかったから、対処のしようがなかったんだと思うよ。ケルト民族の一部に、きみの症状と似た疾患の記録がいくつかあってね。古いものから最近まで。もしかすると原因が解明できるかもしれない」

「そうなの？　ケルト民族に？」

だとしたら関わりがあるかもしれない。

「覚えがあるのかい？」

問いかけられ、ユイはうなずいた。

「母さんが……ケルト民族の血をひいてるって」

「やっぱり、そうか。なら、しっかり検査をしてみよう、同じ病気かどうか。細かなところまで解明できたら、今後、同じ病気の人たちも救うことができるようにだってなる。結果次第でたくさんのひとの命を助けることができる。他の一族の役に立つかもしれない」

他の一族と言われても実感はない。

なぜなら、母以外にこの病気のひとに会ったことがないからだ。ユイが知らないだけで、他にも同じ病気のひとがいるのだろうか。

「そうしたことも含めて大学病院の研究チームと相談するよ。遺伝子を解析し、病気の根本的な謎を解明し、治療法を見つけよう」

本当に？　そうしたらもっと生きられる？

――生きて……それから？

少しでも生きられる可能性があるのなら生きたほうがいいのだろうか。

これまでいつ発病するかわからないというのもあり、未来に何の希望も抱いていなかったけれど、もしそんな奇跡が起きるなら――。

――だけど……ぼくは……なにがしたいだろう。

生まれたときから貧乏で、父親はなく、シングルマザーとなった母親は娼婦、その上、遺伝性の疾患持ちだ。

病気のせいなのか食生活が悪いせいなのか、まだ子供みたいな体型のままだし、十八になった今も声が低くならない。

外見だけではなく、中身も何もない。学校も行っていないし、アルファベットも時々まちがえるくらいの学力しかない。

医師の先生にももう少しちゃんとした言葉を使いたいけど、まともな敬語も使えない。

薄汚いアパートの半地下に住み、職場と行ったり来たりするだけの毎日を過ごしている。

唯一の贅沢《ぜいたく》といえば、給料日にティールームに行き、クライヴ・ランバートのコンサートのライブ配信を観ることだけだ。

チケットを買うだけのゆとりはないけれど、ティールームに行けば配信されるコンサートを楽しむことができる。

それがユイの一カ月に一度の楽しみだった。

新進気鋭の天才指揮者として注目されているクライヴ・ランバート。初恋の相手というのもあるけれど、それだけではなく彼が奏でる音楽そのものが好きだ。

今年のクリスマスはちょうど金曜なので、彼の演奏する第九——ベートーヴェンの交響曲を聴くことができる。そのときまで余命があるはず。

「Deine Zauber binden wieder,was die Mode streng geteilt,alle Menschen werden Brueder,wo dein sanfter Fluegel weilt.」

その日を夢見て、昔、彼から教わった第九のクライマックスで流れるドイツ語の『歓喜の歌』。それをそっと口ずさむのもユイの小さな幸せのひとつだ。

他のことはよくわからないけれど、歌だけは彼から少しだけ教わった。

『ユイの透明感のある声は「歓喜の歌」にぴったりだ。天使の歌声って、そういうのをいうんだろうな。耳に触れているだけで癒《いや》される』

クライヴが多分ユイの声は大人になっても大丈夫というようなことを言った。

彼の予言通り今も昔の声のままだ。いつか一曲でいいから、彼の指揮でなにか歌えたら素敵だろうなと思う。

クライヴは情熱的で破天荒で、古い楽団員からは嫌われているものの、一部の楽団員からは熱狂的に支持されているという噂だ。

一見、絵本に出てくる正統派王子さまのような美しい容姿をしているのに、外見とは対照的な、いつ切れるともわからない壊れ系の性格と表現方法が人気の秘密だ。

それが話題を呼び、今、欧州で最もチケットが取れない指揮者といわれている。

そんな彼の演奏が月に一度だけ劇場街のうらぶれたカフェにライブ配信されていることは、知る人ぞ知る秘密なのだ。

といっても最近では、チケット難民の間で知られるようになり、店員たちが常連客以外にお断りをいれるケースも多いらしい。

ユイはちょうど給料日に劇場専属の楽団の定期公演が行われるのもあり、どんな霧の日も雨の日も雪の日も、月に一度のそれだけは逃したことがない。

客は優雅な風情をたたえた年配客が多い。新聞を広げながらアールグレイを飲み、ちらりと配信に視線をかたむけている白髪の老紳士や孫でも見るように心配そうにクライヴの指揮に視線を向けながら、プリンを食べている老婦人。

夕方からのパブタイムでギネスビール片手に、楽譜を広げて音を追っている音大生風の青年。

クライヴが紡ぎだす音楽の水槽でたゆたっている楽しそうな深海魚たち。

そんな雰囲気のなかに混ざって、おいしいケーキと紅茶を味わう。

そして感想を書いて投函する。

月に一度だけのささやかな幸せ。自分の人生の楽しみといえばそれくらいだ。

これから先、なにかしたいことがあるわけでも、人生に大きな希望を持てるわけでもない。

それでもやはり生きていればなにか変わるのだろうか。

「まずは検査入院一週間。それから今後のことを考えよう」

医師のガードナーが去っていったあと、看護師のカリンが笑顔で話しかけてくる。

「必要なものがあったら地下一階の入院患者用の売店で調達して。このネームプレートを胸から下げておけば、基本的なものは全部無料だから」

「ありがとう」

「あ、入院のこと、早く恋人に知らせないとね」

カリンの言葉にユイは「え？」と首をかたむけた。そしてハッとした。

——そうか、ここに指輪を。

ユイは自分の左手の小指を見た。

ハート型のエメラルドの指輪。十八金でダイヤもついている。クラダリングという名の指輪で、王冠を着けたハートを両手で抱えているシンボル的な指輪だ。

ハートが愛、両手が友情、王冠が忠誠を意味しているとか。

ずっと前にクリスマスにもらった宝物だ。だからペンダントトップにし、仕事中はつけていないのだが、この前、チェーンが切れたのもあって、それ以来、ずっと小指につけていた。

「いないよ、恋人なんて」

「だったら、ハートは下に向けるんじゃないの？」

ハートを下に向けてつけると、恋人募集中、上に向けると恋人がいるという意味だ。ユイは上にむけてつけていた。

「別に特に意味は。このほうがいい気がして。募集もしていないし」

「そう、それにしてもとてもすてきな指輪ね」

そう、大切な指輪だ。子供のころからの宝物だから。たった一つの宝物……。

——入院……か。とりあえず必要なものを用意しないと。

病院で支給された白いパジャマに着古したベージュ色のカーディガンをはおり、ユイは地下一階にある売店へとむかった。

着替えと洗面道具を調達してエレベーターに乗りこむと、一階で看護師が二人、二階ですらりとした長身の男性が入ってきた。

「え……」

さらっとした金髪、モデルのような長身の体軀《たいく》に、ピンクの薔薇《ばら》の大きな花束をかかえ、英国王室御用達《ごようたし》ブランドのロングトレンチコートをはおっている。

黒いサングラスをかけてはいるものの、その繊細な彫刻のような美しい風貌が視界に飛びこんできてユイは全身をこわばらせた。

まさか………。

その瞬間、息も忘れた。

まばたきもせず、目の前に立つ数人の看護師の頭の間から、その男性の輪郭を必死にたしかめる。

どくんどくん……と、内側から胸壁を打つ音が自分でもわかった。

どうしよう、どうしよう……こんなことって。

激しい動揺に足が震える。そんなユイの前で、看護師たちは彼が何者なのか気づいた様子で、互いにひそひそと耳打ちし始めた。

「ねえ……あれって指揮者のクライヴ・ランバート？」

「うそ、信じられない。めちゃくちゃ綺麗……」

「すご……どうしてここに」

彼女たちの言葉に気づいているのかいないのか、サングラスの下の彼の表情は変わらない。といってもユイの位置では彼の斜め後ろからの横顔しか見えないのだが。

エレベーターが動き出したとたん、ふわっと、あふれそうなほどのいい香りが流れてくる。ユイは大きく息を吸いこんだ。

薔薇の花束の香りなのだろう。けれどそれだけではない、彼自身から清涼感のあふれるさわやかなグリーン系の香りが漂っている。

両手に抱え切れないほどの量は、だれかのお見舞いかもしれない。

それとも診察？　いや、それなら一階か二階の外来で用が足りてしまうはずだ。やはりだれかの見舞いなのか。

右手で左手を覆うようにして握りしめ、全身の感覚を精度のいいアンテナに変え、狭いエレベーターのなか、ユイは五感を集中させて彼の様子を追った。

ああ、クライヴだ……。あああ、まちがいなくそこにいるのはクライヴだ。まさか余命宣告されたその日に彼と出会うなんて。

『ユイ、ずっと一緒にいよう』

『はい、クローバーの花冠……幸福の印に』

彼の言葉がよみがえってくる。それこそ湧《わ》いても湧いても尽きない泉のように。

同じ場所にいると思っただけで、緊張と動揺と興奮で失神しそうなほどだ。

クライヴ、クライヴ、クライヴ……ぼくの神、ぼくの天使、ぼくの最愛のひと。といっても想いが叶《かな》うことはないし、伝えることもない。

残念ながら、彼はユイのことを覚えてはいないのだ。事故にあったとき、すべての記憶を失ってしまったから。

——だけど……ぼくは……ぼくは……忘れたことない。ずっとずっと好きだった。子供のころから変わりなく。

さっき病室にいたとき、カリンに答えた前言は撤回する。

好きだと思う人はいる。

家族でも恋人でも友人でもなく、遠い存在のとても大切な宝物、誰にも触れられたくなく、誰にも知られたくない秘密の聖域に存在している相手。

——神さま、ありがとう。命がある間に……彼ともう一度会えるなんて、そんな奇跡があるなんて考えたこともなかったよ。

こんないいことがあったのだから、もう寿命が尽きても悔いはない。たった十数秒ほどのことでも、彼と同じエレベーターに乗れるなんて幸運すぎると思った。

「……」

やがて五階につき、看護師たちがちらちらと彼を見ながら下りていく。同じようにユイも横目でその姿をたしかめつつエレベーターをあとにした。

後ろ髪を引かれるものの、自分の入院病棟でもないのに、これ以上、ずっと同じエレベーターに乗るのは変だろう。

――元気で。幸せになってね、大好きだよ。ずっとずっとあなたに愛を感じているよ。

心でそっとささやき、外に出る。エレベーターのドアが閉じたあと、ユイはふりむき、彼がどの階にむかうのかたしかめた。

追いかける気はないけれど、その幸運な病棟がどこなのか気になったのだ。

エレベーターボタンの上にある階数表示の点滅が八階で止まる。

八階は、たしか……と思ってハッとした。

ない、八階に病棟はない。救命救急用のヘリポートになっている。けれど今日のような霧の深い日にヘリコプターは使用しない。それ以前に、彼はそこに何の用があるのか。

「……っ」

ふいに悪い予感がし、ユイは屋上にむかった。ドアを開けると、一気に濃い霧が襲ってくる。

「うっ！」

視界がままならない。水蒸気が集合した、冷たく淡い膜で全身を覆われるような、霧独特の重みを感じながらユイはあたりを見まわした。

いない、どこにも。いつもの、あの夢のなかにいるようだ。

霧のなかを必死に誰かを追いかけているときと同じ。

追いかけても追いかけても輪郭が摑めないあの夢。ただ狂おしさと切なさが胸に広がっていくような感覚だけが残っている。

あれは、クライヴを追いかける夢だったのだろうか。

「いた……」

ヘリポートにはフェンスがはりめぐらされ、関係者以外立ち入り禁止になっている。エレベーターの建屋からヘリポートにむかう途中、非常用の外階段の踊り場の、バルコニーのように広くなったところにクライヴが立っていた。

サングラスを胸にしまい、クライヴは「タイタニック」の映画のワンシーンのように両手を広げ、頭上に薔薇の花を撒《ま》いていた。

甘やかなチェリーピンクの薔薇が優雅に舞っているなか、下からふっと吹きあがってきた風に彼が身を任せようとしている。

そんな気がして、ユイはとっさに走りだした。

「――――っ!」

気がつけば、腕を伸ばしてユイはクライヴを後ろから抱きしめていた。それこそ「タイタニック」の映画のように。

映画と違うのは頭上の薔薇を受け止めるかのように彼の腕が上を向いていることと、ユイが後ろにひっくりかえるほどの勢いで彼をひきよせていたことだ。

薔薇の花束が頭上から落ちてくるなか、後ろに倒れこむ。彼を後ろから抱きしめたまま、ユイはバルコニーにひっくりかえってしまった。

「う……っ」

思いきり頭をぶつけてしまったが、彼は無事なようだ。

「なにをするんだ……」

「あ、ごめん、飛び降りるのかと思って」

自然に言葉が出た。ちゃんとした声で。多分、せっぱつまっていなければ、緊張で変な声になっていたと思う。

「飛び降り？　俺が？」

半身を起こしてふりむくと、彼はユイを抱き起こした。

その腕の感触と、咽《む》せるような甘い薔薇の香りに胸が疼《うず》く。と同時に、あまりに間近に飛びこんできた彼の顔の美しさに心臓が爆発しそうになっていた。

「飛び降りると思ったの？」

乱れた前髪をかきあげ、クライヴは苦笑した。

あきれたような、冷ややかな笑みから、自分の早とちりだったと気づき、ユイは座ったまま彼の腕から離れてあとずさった。

「うん……てっきり……ごめん……かんちがいして」

彼はユイのことはわかっていない。当然といえば当然か、記憶がないのだから。

「俺が自殺だなんて……バカなことを」

吐き捨てるような、冷たい声に背筋がぞくりとする。

プラチナブロンドの長めの前髪が顔に垂れている。黒いコートの下には上質そうな白いシャツ、濃紺色のシルクのタイ。

ランバート家はアイルランドの古い貴族だ。彼自身も、どこからどう見ても、完璧《かんぺき》な青年紳士に見

える。けれど、どこか違和感を感じるのは彼からにじみでる冷たい空気感だ。

「ごめん、そうだね、勘違いして」

ユイは謝罪したあと、バルコニーに飛び散った薔薇に手を伸ばした。

「あの、これは？」

「欲しいの？」

片眉をあげ、問いかけてくる。海のようにきれいな瞳の色も上品な目鼻立ちも昔と変わっていない。

ユイはじっと彼を見つめ、「うん」と小さくうなずいていた。

「うん、その花、いらないなら……もらうよ」

「いいよ、全部」

ふっと彼が苦笑する。

「ありがとう、うれしい」

ユイは微笑し、散らばった大量の薔薇を集め始めた。クライヴの腕に抱かれていた花をもらえるなんて、うれしすぎる。

「……入院患者？」

問いかけられ、ユイはうなずいた。

「そう、今日から。病室に何もなくて殺風景だから……飾ろうかと」

「病気？」

「うん……たいしたことないんだけど……一週間ほど検査で」

薔薇を拾い集めながら淡々と答えていると、彼も残りの花を集め始めた。

「ずいぶん細い腕だな。運ぶよ、俺が」

薔薇を半分かかえ、ユイに手を伸ばしてきた。その仕草にユイは淡く微笑した。

「ありがとう」

冷たそうで、無愛想な雰囲気を漂わせているけれど、自然に紳士らしい所作が出てくるところはさすがだ。

「何階？」

「五階」

ユイはボソリと答えて非常階段にむかった。

「階段でおりる？」

「うん」

屋上は基本的に関係者以外立ち入り禁止だ。緊急搬送用のヘリポートがあるため、フェンスに鍵はかけられていないが、わざわざ誰も行こうとはしない。

「俺はクライヴ、クライヴ・ランバート。きみは？」

知っているとは言わず、初めてのふりをして答える。

「ユイ……ユイ……」

「めずらしい名前だね」

「あ、うん、日本では、唯一って意味だって。たったひとつだけって」

「いい意味だね。愛情がこめられたような名前だ。響きもとてもやわらかくて、きみの雰囲気そのままの名前だ」

「え……」

　突然の言葉に驚き、ユイは足を止めた。

「きみ、そんな感じだよね。儚《はかな》げな愛らしさと透明感のある綺麗な声。その名前の響きがとてもよくあっている」

「どうしたの？」

　ユイは目を細め、じっとクライヴを見たあと、思わず笑みを浮かべた。

「あ、ううん、ありがとう、そんなふうに言ってもらえるとすごくうれしい」

「日本の名前ってことは日本人なの？」

「半分だけ。国籍はアイルランド」

「東洋とのハーフなんだ」

「そう、父親が日本人で。でも会ったことない」

「両親、離婚したの？」

「ううん、結婚もしてない。留学生だったみたいで、子供ができたのがわかって逃げるように帰国したとか。綺麗なだけのいい加減な男だったたって」

「イヤなやつだな。会ったら殴ってやるよ」

　クライヴの言葉にユイは肩をすくめた。

「ぜひ……と言いたいけど、顔も名前も知らないからどうでもいい。あ、でもユイってつけてくれたのを思うと、今、あなたが言ったみたいに、実はなにかしらの愛情は持ってくれていたのかもしれないね」

「ああ、可能性はある。いや、きっとそうだ。本当はきみを愛していたけど、なにかしら事情があって帰国した。多分、きみのお母さんと喧嘩《けんか》したんだ。それできみのお母さんは、お父さんのことをよく言いたくなくて、いい加減なやつだったと言っているのかも」

まじめな顔でそんなふうに言うクライヴの優しさが愛しくて、自然と口元がほころんでしまう。

「ごめ……なにかおかしいこと言った？」

「ううん、違う、素敵だなと思って。あなたはとてもいいひとだね」

「……」

一瞬、クライヴが困ったような顔で小首をかしげる。

「前に……きみとこんな話……したっけ？」

「え……」

まさか思い出した？　どきっとして心臓がはねあがるかと思った。

「してないよ、初めて会ったのに」

「あ、ああ、そうだね。だけどどうしてなのか不思議だな、何かきみとは初対面なのに話しやすいよ。それで、お母さんは？」

「母さんは、昔、事故で。家族は誰もいない、親族も」

そう告げると、たいていのひとは聞いてはいけなかったという顔をするが、クライヴは反対にふっと楽しそうに笑った。

「それはいい、家族や親族のしがらみがないなんて最高だ。あこがれる」

ユイの記憶にあるのは八年前の彼だ。あのころ、クライヴは身内のことで苦労していた。母親が心を病んでいてふりまわされていた。

だから「しがらみ」がなくていいと口にする彼の気持ちは想像がつく。

天涯孤独の上に異国の血を引くユイと違い、クライヴはこの国の由緒ある貴族の出身だ。

この国は古くからの因習が深い。その上、貴族階級で、領地があり、親族もたくさんいる環境に縛られるのはなかなか大変だろう。

「うん、そうだね、しがらみがないから気楽でいいよ、なんでも好きなことができる。ただし、健康で、それにそこそこの金持ちでないと無理だけどね」

「どこが……悪いの？」

眉をひそめるクライヴに「そうでもない」とユイは笑った。

「何ともない。ちょっと検査が必要なだけ」

多分、もう二度と会うことはない。そんな彼に病状を説明する必要もないだろう。ただこの時間が楽しければ。

たわいもない話をしながら病室にむかうだけ——それがどれほど幸せか。

一瞬、会えただけでも神様にお礼を言ったくらいなのに、こんなふうに一緒に階段をおり、廊下を歩いて話ができるなんてユイにとっては夢のようだった。

本当にこの瞬間に寿命が尽きたとしてもなんの後悔もない。むしろ幸せなまま天国に一気に駆けあがれる気がしてきた。

——でもどうして……屋上になんて。

気になったが、彼が自殺する気でなかったのならそれでいい。彼は指揮者だ。なにか思うところがあったのだろう。

「あ、病室、ここだから」

病室についてホッとした。

これ以上、一緒にいたら永遠に離れられなくなりそうで怖かった。人間というのは贅沢だとしみじみ思う。十数秒でも幸せだったのに、この十数分にさらなる幸せを感じ、もっともっとという気持ちが湧いてしまいそうになる。

「花瓶は？」

「たしか、使えそうなものが」

ユイは病室の扉をひらいた。中央にベッドとテーブル、壁際にある洗面台の横にバケツがあった。

「……一人部屋？」

「そう」

「怖くない？」

「怖いって、どうして？」

「なんとなく。……あのさ、使えそうなものってあれ？」

「そうだけど」

「掃除用のバケツだろう、ちゃんとした花瓶がないか探してくる、ちょっと待ってな」

手にしていた残りの花をポンとテーブルに置くと、クライヴはくるりと背を向けてユイの病室を出て行った。

その背をユイは信じられない面持ちでじっと見つめた。

クライヴ……。本当にクライヴだった。彼と話をしてしまった。

胸が熱くなって、涙が出そうになっている。

当然だろう、ずっとずっと好きだったひとにいきなり再会できたのだから。

月に一度、配信で観ていただけだ。それだけでいいと思っていた。

彼はもう昔のユイのことは覚えていない。事故のあと、彼の記憶は二度ともどらない、絶望的だと言われていた。

でもだからこそ、こうしてたわいもなく話ができたのだろう。

『二度とクライヴの前に姿を見せないで』

『汚らわしい娼婦の息子、いえ、魔女の子、あなたがそばにいるとクライヴが不幸になるわ』

『呪われているのよ、あなたは。あなたの血は闇に封印すべきなのよ』

ふいによみがえってきた女性の声に、ユイは全身をふるわせた。

『この死神っ、クライヴを殺す気なの？』

あの声が聞こえると視界が霧に覆われる。冷たい霧の粒子が水滴となって身体に絡みつき、皮膚をぐっしょりと濡らして全身を冷たくしていくような感覚と同時に……。

怖い、身体が凍りついたようになってしまう。そう、近づいちゃいけない。もうこれ以上は。喜んじゃいけない。これはただの偶然。

——今日だけだから。今だけだから。

ユイは必死に自分に言い聞かせた。今日、薔薇をもらって、それで終わり。それで終わり、終わりだからと、呪文のように何度も何度も自分のなかで呟《つぶや》き続ける。

それから十分ほどすると、クライヴがもどってきた。

「はい……これ」

クリスタル製の上等な花瓶だ。

「これ、どこから？」

「買ってきた。綺麗なものは綺麗なもので飾らないと。きみに」

クライヴは水を入れ、薔薇を飾った花瓶をベッドサイドのテーブルにおいた。

「すご……綺麗。いいの？」

「ああ」

「本当に花も花瓶ももらってもいいの？」

「どうぞ。どうせ別れの花だ」

切り捨てるように言う彼の言葉に、「え……」とユイは眉根をよせた。

別れ——？

「退職の花。仕事仲間がくれた」

「退職って劇場を？」

思わずそう問いかけていた。しまったと思ってもあとのまつりだ。

「きみ……」

クライヴはまじまじとユイを見た。

「……俺のこと……知ってんの？」

さぐるように問われる。

「あ……新聞やテレビで……」

とっさにそう答えた。

「有名になったものだな、俺も」

前髪をかきあげ、クライヴは肩で息をついた。

「さっき、バカって言ったのは謝る」

ふっとあざけるように笑って、薔薇を一本とると、その香りを吸いこんだ。

「謝るって、どうして？」

「きみが指摘した通りだから」

クライヴは視線をずらし、霧のかかったダブリンの市街地を虚《うつ》ろな眼差しで見つめた。その冥《くら》い眼差しに背筋にぞくっと寒気が走る。

「きみがいなかったら……今ごろ、地面で砕けていた」

「――――っ！」

ユイはこわばった顔で彼を見た。

ということは、やはり。どうして――――。

「退職した、楽団。使いものにならないから」

使いものにならない？　つまりクビ？　こんなに人気があるのに？

だからってそれで死を選ぶの？　他の楽団に行けばいいだけではないのか。

と、次々と湧いてくる疑問を心のなかで問いかけているユイの気持ちがわかったのか、クライヴは投げやりに言った。

「直接の原因はそれじゃないけど」

「じゃあ……」

なに……と尋ねていいのかわからず口ごもった。

ユイにとってはなつかしい幼なじみで、心のなかの聖域に存在している相手だけど、彼にとってユイは、今さっき会ったばかりの人間でしかない。

屋上で自殺をしようとしているところを邪魔したあげく、彼が捨てようとしていた薔薇の花を欲しがった通りすがりの入院患者だ。

「俺には俺なりの事情がある。まあ、でも今は自らどうこうしようという気力はない。死神に会いにいこうっていう気力が萎《な》えてしまった」

よかった。それを聞けただけで十分だ。

「じゃあな。もう二度と会うことはないと思うけど」

ユイのカーディガンの胸ポケットに薔薇をさすと、クライヴはくるりと背をむけた。そのとき、彼の手のひらが薔薇の棘《とげ》で傷ついていることに気づいた。

「あ……」

彼の左手。タクトをつかむ手ではなく、表現や音の強弱をオーケストラに伝える手。優雅で美しく、そして雄弁に音楽を創りあげる、その左の手のひらの、細く長い親指の付け根のあたりに細い血の筋ができていた。

「待って」

クライヴが眉をひそめてふりかえる。とっさにユイはその手をとっていた。彼の手をつかんだ瞬間、ぴりぴりっと触れた場所が痺《しび》れ、ユイの視界に霧がかかった。

え……。

待って、待って……と切ない気持ちで叫んでいる自分がいる。

冷たい霧がうねりながら草原の上に広がっていく。白いヴェールのような霧の向こうに遠ざかっていく人影を必死に追いかけている。

そしてその向こうに、うっすらと古城と海が見えた気がした……。

「……っ」

けれどそれは一瞬だった。すぐに霧が消えたかと思うと、ユイの前には不可解そうに目を眇《すが》めているクライヴがいた。

「あ、ご、ごめん」

ユイはハッとして手をひっこめようとした。だが、今度はクライヴがぐいっとユイの手首をつかみ直す。

「どういうことだ、今のは何なんだ」

強い口調で問いかけてくる彼から、ユイは無理やり手を離そうとした。

「なにって」

「きみ……まさか」

しまった……。彼は信じられないものでも見るように自身の手のひらとユイを交互に見ている。

「し……知らない……」

さっきあったはずの彼の傷を消してしまった。

「知らないわけがない、確かにここを切ったのに」

「……っ」

どうしよう、またやってしまった……。

「ごめん、何でもないから」

「何でもなくないだろう、傷が消えたんだぞ」

後悔してももう遅い。自分の行為への動揺に全身がこわばり、ユイの喉の奥は干上がったように乾いている。

「……これは……癒しの」

知っている？　この力のことを。まさか。

「し、知らない……本当になにも……」

混乱して言い訳をどうするか考える余裕はなかった。それ以上に激しいめまいに襲われ、じっと立っていることができなくなったからだ。

いつもそうだ、他人を癒してしまうと必ず視界が揺らぎ、頭がくらくらして全身の力が抜けてしまう。最近は動悸《どうき》も変だ。

あの壊れた目覚ましのように不規則になってしまう。

これこそが「発病」のしるしだと母が言っていた、まさにその症状があきらかにひんぱんになっている。

もう命の期限が残り少ないのに。自分の寿命を削ってしまう行動だから、二度としないと決めていたのに。

それなのに、クライヴの大切な手に傷が――と思ったとたん、本能が理性を見事に覆い尽くしてしまった。ふだんはちゃんとコントロールできるのに。

ううん、違う、昔からそうだ、クライヴにだけは制御できない。

「ごめ……」

「謝らなくていい、俺はただ真実を知りたいだけだ」

言えない。なにも言えない。言っちゃいけない。

「……う……」

もうだめだ。立っていられない。視界がブラックアウトしていく。

ぷつっと糸の切れたあやつり人形みたいにユイはひざから床に落ち、そのまま前のめりに倒れそうになった。

「危ないっ」

とっさに伸びてきたクライヴの腕がかろうじてユイの身体を支える。その腕によりかかりながら、ユイは意識を手放していた。

2　初恋のふたり

『ユイ、私たちはね、古代ケルトのドルイド――祭司……魔法使いといわれていた人々の子孫なの』

母はそう言っていた。

『だから、代々、特別な力の遺伝子が表に出てくるのよ』

そうも言っていた。

ドルイドがいたのは、ヨーロッパがキリスト教社会になる前までの話だ。

そんな古代ケルトの時代に政治と祭祀《さいし》を行っていたドルイドのなかでも、特別な占いの力がある占い師集団の子孫だとか。

そのなかに、生贄《いけにえ》の役割を果たす人間がいた。

魔女とも巫子《みこ》とも言われているが、正しくは「身代わり」あるいは「身代わりの癒し」「身代わりの手」などといわれていた。

つまり人々の病や怪我を身代わりになって癒す存在だったのだ。

権力者から重宝され、一族は絶大な力を持っていたらしい。

けれどローマ帝国が侵攻し、キリスト教社会になったあと、ドルイドたちは歴史の表舞台から姿を消すことになった。

そうして少しずついろんな血が混じって、「身代わりの癒し」ができる家系も少なくなり、今では母の家系だけだとか。

誰かを助ける代わりに、自分の命を削ってしまう力だ。

寿命がぎりぎりになったとき、心臓が持たなくなり、胸の痛み、めまい、貧血、耳鳴りのような症状が起きる。

力の使いすぎでオーバーヒートしてしまうと「発病」した状態になり、そうなったら命の期限のカウントダウンが始まるのだ。

発病する時期は、「身代わりの癒し」の力を使った分に比例しているそうだ。たいてい二十代後半くらいで「発病」するらしい。

尤《もっと》も女性のほうが長生きする率が高く、男性は成人を迎えられないものがほとんどで、みんな成人年齢の十八歳くらいまでに「発病」し、早逝する者ばかり。

――ぼくも……十八になったとたん「発病」した。やっぱり男の子は長生きしないんだ。

いつの時代も特別な力は権力者にいいように利用されてきたらしく、母にもそんな男たちがよく近づいてきたみたいだ。

『おまえの父さんだけは違ったのよね。何の因習もしがらみもなくて……本気で好きになったの。でもむこうは旅先での遊びだったのよね』

綺麗なだけのいい加減な男だったと言いながらも、母は心のどこかで父にだけは本気だったようだ。それは自分たちの持つ力とは無縁の場所の人間だったからかもしれない。

その後、母はある貴族の愛人になった。

わずか二年ほどの間だったが、その力とひきかえに多額の謝礼をうけとっていたのだ。

アイルランドでも有数のホテルや劇場を持つ実業家でもあり、政治家でもあるその貴族こそ、クライヴの父親――ランバート侯爵だった。


その夜、見た夢は、いつもの霧のなかの風景ではなかった。

ユイが母のタラと暮らしていた西アイルランドの大西洋ぞいのランバート侯爵家の古城。そこを追いだされたときの夢だ。


『二度とクライヴの前に姿を見せないで』

『汚らわしい娼婦の息子、いいえ、魔女の子、あなたがそばにいるとクライヴが不幸になるわ』

『呪われているのよ、あなたは。あなたの血は闇《やみ》に封印すべきなのよ』

『この死神っ、クライヴを殺す気なの？』


ユイを罵《ののし》っているのは、クライヴの母親だ。

「……っ……違う、ぼくは……そんな気はなくて……」

自分の泣き声で目を覚ました。

目を開けると、真っ白な病院の天井が目に飛びこむ。

それから窓の外に霧がかかった朝の風景が広がり、タタン、タタン……と古い市電の走る音が聞こえてくる。

――そうか。昨日、クライヴに会ったから……あんな夢を。

もう二度と会わないと約束したのに、あんな形でも出会ってしまったから。

ユイはベッドから降り、窓の外を見つめた。

うっすらと白い膜に包まれたように霧がかかった世界は、まだ夢のなかにいるようで、なにもかも薄ぼんやりとしている。

クライヴとの思い出の残る場所――西アイルランドの断崖《だんがい》近くにあった古城も霧が多い断崖の近くに建っていた。

二年間、母と暮らしていたそこは、中世の古城を改築した建物だった。

高さ二百メートルの切り立った断崖が二キロ半に渡って大西洋に面している。その下には三億年前からある川が流れているという。

破滅の壁、狂気の壁とも呼ばれ、春から夏になると、世界中からの観光客を集めているけれど、冬場になると、人の姿はまったくない。

霧がたちこめ、雪がふぶき、大西洋からの冷たい風に身を切られそうになる場所だった。

――でも……好きだった。あそこでの暮らし。

イギリスのパブリックスクールに行っているクライヴが、月に二回ほど、顔を出していたから……。

クライヴから文字を教わった。それから歌も教えてもらった。一緒に馬に乗って、花を摘んで冠を作って、それから――。

クライヴは忘れてしまったけれど、ユイにとってはかけがえのない思い出だ。

会ってはいけない、二度と会わない。そう約束したのに再会してしまった。

その数日後、クライヴがユイの病室に見舞いにやってきた。

抱えきれないほどの花束と花瓶を手にして。薔薇だけではなく、カーネーションやガーベラや百合もふんだんに交えて。

「……どう、具合は」

窓際に花瓶を置き、花を飾りながら問いかけてくる。

この前はあのまま寝こんでしまって話はできなかった。医師からも安静にしているようにと言われたが、どうしてそうなったのかは伝えていない。

『絶対に癒しの力のことを他人に知られてはダメよ。利用されるから』

母にそう言われていた。

遺伝性の病気ではなく、遺伝性の力——人の傷や病気を治してしまう力——先祖から続くものだといわれているが、もし本当に何かの病気で、治ることができるのならいいのに……と思ってしまうときがある。

「平気だよ、明日、退院するんだ。一週間の検査入院だったから」

半身を起こし、ユイは微笑した。

この前のことを訊《き》かれるかと思ったが、クライヴは尋ねてくる様子はなかった。

「本当に？」

「う、うん、ちょっと検診で引っかかっただけだし」

「そうなんだ、残念……」

クライヴは拍子抜けしたような顔をしたあと、ハッとした様子で言い直した。

「あ、ごめん、残念だなんて言って。たいしたことがないのはいいことだ。この前、倒れたから、ひどい状態だったら……て心配していたんだ。残念といったのは、俺の気持ち。実は、俺も明日からここに入院することになって。きみも入院しているなら話ができると思っていたから」

クライヴが入院？　明日から？

「……どうして。入院て……どこか悪いの？」

思わず身を乗りだして問いかけていた。

視線を落とし、クライヴは病室の扉を閉めると、窓辺に飾った花を一輪だけ手に取った。そしてこの前のようにユイの胸にさした。

「耳……聞こえないんだ……」

「え……」

ぼそっと彼が小声で話した言葉に、ユイは全身を硬直させた。

「昔、事故にあって……それで脳を損傷して」

知っている。その事故にはユイも絡んでいる。もちろん、それは秘密だけど。

「そのとき、記憶障害を起こして……以来、周りのこと、すべて忘れていた。記憶をつかさどる大事な部分が完全に損傷したみたいで」

そう、そのため、クライヴは多くを失った。パブリックスクールもやめ、侯爵家の後継者としての立場も保留、両親は別居……。

あのとき、クライヴの母親から『二度と姿を見せないで』と言われ、ユイは誓約書にサインした。まだ幼かったけれど、自分でも本当に申しわけないと思ったから。少しでも罪の意識を軽くしたかった気もする。

「……」

ユイがなにも言えずにいると、クライヴは小さく息をついた。

「悪い、こんな暗い話、聞かせて」

ハッとしてユイは首を左右に振った。

「全然悪くない、全然……むしろ言ってくれてよかった」

必死になって言うユイをクライヴは目を細めて見つめた。

「なんか変？」

「あ、いや、いいやつだなと思って」

クライヴがくすっと笑う。

「そんなことないけど。でも、その事故がどうして耳に」

「そのときの後遺症が出てきたらしい」

クライヴの話では、その事故でほとんどの記憶を失い、それまで通っていたパブリックスクールも退学したが、趣味でやっていたヴァイオリンと音楽だけは記憶していた。

――そのことも知っている。

けれど口にはできない。

だから初めて聞くようにして、ただうなずくしかない。

「どんな事故だったかまったく記憶はないが……死線をさまよったようだ。気がついたときは親の顔も覚えてなかった。それだけじゃない、音楽以外の日常的なすべてを……」

リハビリも兼ね、記憶復活の鍵《かぎ》になるかもしれないと本格的に学んだ音楽が自分にとって生きる支えになり、それで指揮者を目指したが、その事故のときにできた血栓が左の耳を圧迫しているらしく、その手術で入院するとか。

「手術をしないと、そのうち血栓が爆発して死ぬんだってさ」

「そんな……死ぬって……手術したら治るんだよね？」

ユイの問いかけに、クライヴは冷たく笑った。

「ああ」

「よかった」

ほっとユイは息をついた。

「そうか？」

「え……」

クライヴは窓を開けた。

外の霧がサーっと病室に入りこみ、一メートル先も見えなくなる。ふたりの輪郭が曖昧に霧に溶けそうになっている。

「命は助かる。でも左耳は完全に聞こえなくなるんだってさ」

「――――っ」

ユイは絶望的なまなざしをクライヴに向けた。

「だから退職。耳の聞こえない人間に指揮なんてできないからな」

そう、それで退職を……。

目の前が真っ暗になり、ユイの双眸《そうぼう》から涙が流れ落ちていく。

「どうして泣く」

「ぼく……あなたの……音楽を……月に一度の楽しみにしていたんだ。定期公演……チャイコフスキーの五番、それからその前のショスタコーヴィチの五番『革命』、も感動して……」

「客席にいたんだ」

意外そうに彼が眉をひそめる。ユイはうなずきかけたが、首を横に振った。

「ううん、チケットなんて高くて。ライブ配信……だけ」

「そんなのあるんだ、知らなかった」

ユイはうなずいた。

「月一回だけだけど……お給料日に……劇場街の小さなティールームで、ケーキを食べながらライブ配信を観るのが楽しみで」

「もしかして俺のファン？」

「うん、大ファン」

クライヴはふっと笑って、ユイに「拭《ふ》けよ」とハンカチをさしだした。花のいい香りがする白いハンカチだった。

「ごめん、もったいなくて使えない、あなたのハンカチなんて」

ハンカチを返して手の甲で拭こうとするユイにクライヴは呆れたように笑う。

「そういうとこ、かわいいけど、ハンカチは拭くためにあるんだから遠慮するな」

クライヴはユイの手のひらを包みこむようにつかみ、そのハンカチをとってクイッと目元を拭《ぬぐ》ってくれた。

「……っ」

とくんと胸が高鳴る。と同時に、彼の耳が本当に悪いのだということを本能的に理解した。もちろん一瞬なので、くわしいことはわからないのだけど。

ただクライヴに触れると自分を完全にはコントロールできない。どうしても勝手に治そうとしてしまうだろう。この寿命とひきかえにしてでも。

どのみち余命は半年しかない。それなら残りの時間を実のあることに使いたい。愛する相手の怪我を治すなんて最高ではないか。

――でも……彼のこの状態だと……ものすごく時間がかかるだろう。

昨日のようなちょっとした切り傷だと一瞬で治すことができる。けれど彼の左耳の状態はそんなに甘いものではない。

手術をしても治らない。命を喪う可能性すらありといわれている状態。治すのは可能ではあるが、でもその瞬間、自分はこの世界から消えるだろう。

それはそれでいいんだけど、そのためには一時間くらいの時間が必要だ。彼とそんなに長く触れあうにはどうしたらいいのか。

「いっそ飛び降りるのも悪くないと思ったとき、きみがとめに入った」

「まさか、まだ」

死ぬ気なのか……？

「と言ったら？」

クライヴは窓枠に手をかけた。

「待って、だめ……」

とめようと手を伸ばしたユイの手を彼が払う。

「触るな。冗談だ、この前、もう飛び降りる気はなくなったって言っただろ」

「……っ……そうだね、ごめん」

ユイは手をひっこめた。

「いや、違う、誤解されることをしたのは俺だ。……すまない……手を払ったりして。あまり好きじゃないんだ、人に触れられるのが」

ひどくすまなそうに言われ、かえって申し訳なくなった。

「ごめん」

「いい、俺の勝手だから。事故以来、対人関係での、密な触れあいが苦手になって。接触恐怖症というわけではないけど」

そうだったのか。でもそれでは、一時間も触れあえないではないか。

「忘れた記憶のなかになにかあるかもしれないが、医師も母も父も親戚《しんせき》も、みんな、そんな原因はないと言って」

「そう……なんだ」

言うわけはないか、ぼくとのことを。

「でも俺の音楽……好きだと言われるのは嬉しい。忘れないでほしい」

クライヴは目を細めてほほえんだ。その笑みがあまりにさみしそうなので不安になった。

「忘れないよ、でもどうしてそんなことを」

「……何となく」

クライヴは窓を閉め、空調設備のスイッチをつけた。部屋にたちこめていた霧が少しずつ取りはらわれていく。

「あの……クライヴさんは、いつまで入院するの？」

「クライヴでいいよ」

「あ、うん、じゃあ、そう呼ぶ」

「入院はわからない。でも手術は来月だ」

来月……。

よかった、まだ自分の余命はある。それまでに何とかして一時間くらい彼に触れていられないだろうか。でも接触恐怖症かもしれない相手になかなか困難だ。

理由を説明することはできないし。

「あ、ぼく……ここで働いているんだ、リネン室で」

「どんな仕事？」

「あ……えっと、患者さんのシーツや洗濯物を集めたり、新しいのを運んだり……あの、時々、お見舞いに行ってもいい？」

もう会わないと約束したけれど。二度と近づかないと誓約書にサインしているけれど。

でも彼が死ぬかもしれないなら。耳が聞こえなくなるかもしれないなら。

――それを止めたい。ぼくのこの力で、彼の耳を治せたら。

そうだ、こんなに幸せなことはない。

一時間が無理でも、集中したらもう少し早くできるかもしれない。せめてそのくらい、彼に触れ続けることができたら。


その翌日、ユイは退院することになった。

「では、精密検査の結果が出たら連絡するが、週に一度の検診は忘れないように」

「うん、ここで働いてるから、ちゃんとくる」

「そうか。あ、だが、働いているときでも具合が悪くなったらすぐにくるように」

医師ははっきりとしたことは言わないが、その口調から数値があまりよくないのがわかった。

「そんなに悪いの？」

一瞬、返事に困ったような様子で、ガードナー医師は視線をずらして明るく言った。

「とにかく安静にして。できるだけ楽しいことを考えて。そうだね、ストレスをためず、楽しく過ごして。楽しくしていれば……」

楽しくを三回も口にしている。それしか答えがないかのように。

「わかった、そうする。楽しく過ごす」

「うん、それが一番だからね」

医師が病室から出ていこうとするとき、ユイはハッとして呼びとめた。

「先生……待って……あの確認したいことが」

「ん？」

「あの……このままだと余命半年あるかないかでいいんだよね？　それとも入院時より、数値、悪くなった？　もっと短くなった？」

看護師のカリンもガードナー医師も困ったような表情を見せた。

この前、少しだけ力を使った。だから余命が短くなっているのだろうか。

「気を遣わなくても大丈夫だよ……ぼく、ちゃんと覚悟してるから」

「覚悟？」

「ずっと……子供のころから、男の子は早死にするって母さんから言われて育ったから、あまり命に未練なくて」

「……ユイ……」

ガードナーが痛ましそうな顔をする。

そんな顔をされると、本当に自分がダメなのだと実感して、心が乾いたようになっていく。特にショックでもないはずなのに。いや、自分のことはもういい。それよりも。

「あの、だから正直に言って欲しくて」

「それは……」

「後悔を残したくないので。ぼく、やりたいことがあるんだ。だから余命からちゃんと逆算しないといけなくて」

本当に短くなったのなら、一刻も早くクライヴを治すことを考えなければ——という気持ちで口にしたのだが、ガードナーは別の解釈をしてしまったようだ。

「いいよ、ユイくん、無理に強がらなくても」

ポンとユイの肩を叩《たた》く。

「辛い気持ちはわかる。だけど自暴自棄になっちゃいけないよ。絶望を感じるのはまだ早い。余命から逆算だなんて」

「あ、いえ、あの……本当に気持ち的には全然大丈夫で。覚悟しているし。ただやりたいことがあるから、ちゃんと知っておきたいだけなので」

ユイは笑顔で言った。

「……いいのよ、ユイくん、そんなに気丈にしなくても。健気《けなげ》に笑ったりして……」

看護師のカリンが目に涙をいっぱい溜めながらユイの肩に手をかけて抱きしめようとする。

困った……そうじゃないのに。そういうことではないのに。無理をしているわけでもない。

でも彼らの価値観ではそうなのだ。強がったり絶望を感じたりするような状態なのだろう。でも自分は違う。

——ぼくは……ただクライヴのために、この命を使いたいだけ。それをどうやり遂げるか考えたいからタイムリミットが知りたかっただけなのに。

多分、これ以上はなにを言っても無駄だと思い、ユイはもう質問するのをやめた。勘違いされているのは困ったけれど、それでも、こういうの、悪くないとも思った。

――ガードナー先生もカリンさんもいいひとだ。本当にいいひとだと思う。哀しんでくれる。かわいそうだと思ってくれる。

他人からの心遣いなど必要ないと思って生きてきたし、これまでユイのことを心から心配してくれたのは、まだ記憶を失う前のクライヴだけだ。

だから欲しい答えではなかったけれど、心があたたかくなったので、もうこれ以上はなにも訊かないことにした。

あと少ししかないことに変わりはない。それが少し短くなったからといって変わりはないだろう。その時間をどう生きるか、それだけを考えよう。

そう思ってユイは病院をあとにした。

†

『――ユイ、どうせ男の子は長生きできないの。心臓に負担がかかるから激しい運動も生殖行為もできないの。おまえは永遠に子供のままなのよ』

母の口癖だった。

『おまえには呪われた血が流れているの。生まれてはいけない子だったのよ。だから結婚は望めないの。愛されたいなんて思わないことね。愛しあってもいけないわ。まあ、でも愛したかったら愛してもいいわ。ただし相手からの愛を望まないようにね、そうなったら「身代わりの癒し」の力がなくなるの』

幼いときはその意味もわからず、そういうものなのだと思っていた。

恋もしてはいけない。愛されてもいけない。愛しあってもいけない。

そう思って生きていた。考えが変わったのは、八歳のとき、母がランバート侯爵の世話になり、クライヴと知りあってからのことだった。

「——ユイ、今日からこのひとがあなたのお父さん代わりだから」

アイルランドの西側の切り立った断崖近くの別荘。古い城を改築したところに、母とユイは住むことになった。

「ユイくん、これからは何でも私に任せてくれたらいいからね」

ランバート侯爵は、ユイを見るなり、満足げに微笑した。

三十代くらいの、優雅で綺麗な紳士で、このひとがお父さんになるのならいいなと思いながらも、冷たい目をしていたので少し怖い印象もあった。

「この子に……例の力があるんだね」

「ええ、もちろん、私などくらべものにならないほどの。子供のうちが一番力が強いの」

「父親は日本人だったそうだが……よその血が入ったことで力が薄れてはいないか？」

侯爵はそんなことを心配していた。

「はっきりとしたことはわからないわ。ただ……今のところは大丈夫そう。身体だけでなく、心も大事でね、内側が澄みきっていたほうが力を発揮できるの。巫子に与えられた力というだけあって。だから親族以外とは交流をもたせず、よけいな知識が入らないようにしてきたわ」

「つまり純金のままということか。すばらしい」

「ええ、ただそれでも限りがあるから」

「わかった。慎重に使わせてもらおう」

「私が管理するわ、この子、私の言うことなら何でも従うから」

「いい育て方をしてきたな」

「この子を産んだせいで苦労したけど……結果的にはよかったわ、金の卵で」

金の卵、その意味がわかったのもずっと後のことだった。

「ユイ、いい子ね、さあ仕事よ」

母に呼ばれ、侯爵が紹介してくれる病人や怪我人にじかに触れる。

「あなたのおかげでたくさんの人が幸せになるのよ。もちろん母さんもね、あなたがお利口でいてくれたらとっても幸せ。おいしいものを食べて、素敵な家に住んで、たくさん贅沢ができるの。これからもがんばって『身代わりの癒し』のお仕事をするのよ。ユイにしかできないことなの」

母が優しい笑顔でそんなふうに言ってくれるのがとてもうれしかった。

「ユイにしかできないこと」という「身代わりの癒し」のお仕事。

それをすれば、母さんが喜んでくれる。

産むんじゃなかった、おまえのせいで歌手をあきらめた、恋人に捨てられた……と言われてきた自分が母の役に立てた、母を幸せにできる――あまりのうれしさに胸がいっぱいになり、幸せを感じて涙が出た。

人に触れるだけで、母さんが喜ぶ。おいしいご飯も食べられて、素敵な家に住めて、贅沢ということができる。こんなすばらしいことって他にない。

そう思って、がんばることにした。

「このお仕事したら、母さんが幸せになるの？」

「そうよ、反対にその力がなくなると、母さんが生きていけなくなるの。死んじゃうの」

「えっ、そんなのいやだ。死んじゃうなんていやだ」

驚いてユイは泣きじゃくった。

「大丈夫よ、その力があれば母さんは幸せだから。この世界でユイだけが持っているすばらしい力。それがあればたくさんのひとを幸せにできるのよ。もちろん母さんも。ユイはそのために生まれてきたの。その力があってこそ生きている意味があるのよ。でもあまりにすばらしい力だから、悪魔も欲しがってしまうの。だから誰にも言っちゃダメ。言ったら、悪魔に見つかって、母さんまで不幸にしちゃうから」

「うん、わかった。誰にも言わない。でもがんばってお仕事するね」

母のためにがんばろうと思った。

ただ、その仕事をすると、いつも数日ほど寝こむことになるのが辛かった。

頭がくらくらとして、何日も何日も眠り続けなければ起きあがれなかったのだ。

それでも母も侯爵も喜んでくれてとても幸せそうだったので、ユイは春のひだまりに包まれているような幸福感をいだいていた。

このころの母はとても楽しそうだった。たくさん恋人や友達がいるようで、ユイの「身代わりの癒し」の仕事がないときは近くの街によく遊びに行っていた。

なので、ユイはひとりでずっと海を見て過ごすしかなかった。

字もまともに読めなかったので読書もできず、テレビもなかったのでドラマや歌番組を観ることもない。

唯一の楽しみは、岸壁の上にある遺跡まで行き、季節ごとの花を眺めたり、海をいく鳥を眺めたり、遺跡に住み着いている猫やウサギに話しかけて過ごすことだった。

そうしているうちに、自然と母が歌っていた歌を口ずさんでいた。

なんとなく身体が記憶していたケルトの古い民謡を歌っていると、まわりの自然と一体になれる気がして元気になった。

錯覚かもしれないけれど「身代わりの癒し」で消えていった身体の力のようなものがもどっていく気がして心地よかったのだ。

雄大な大西洋の海。濃い黄緑色のクローバーがおおっている岸壁の上の草原に、時々、羊の親子がやってくる。

鳥の声、風の音、海の音、猫やウサギたちが仲間を呼ぶ声。

岸壁に霧から透けてそそがれる陽射《ひざ》しは草木も空気もしっとりとやわらかくて、いろんなものがおだやかで優しい気がした。

水平線の彼方《かなた》まで見わたせる晴れた日は、透明感のある蒼《あお》い海原をじっと見つめていると身体の内側から綺麗になるように感じた。

そして西の海に太陽が沈んでいく夕方の強烈な光の洪水を浴びていると、ふわふわと身体が宙に浮いて天国ってこういうところなのかな……などと考えて過ごしていた。


そんなある日、ユイの前にクライヴが現れた。

イギリスのパブリックスクール――名門イートン校で寮生活をしている十三歳の少年。

ユイたちの住む古城の近くにもう一つ大きな古城があり、そこがランバート侯爵家の正式な別邸となっていた。クライヴは馬に乗り、こっそりやってきた。どうもユイを異母弟ではないかと疑っていたようだ。

遺跡の跡地の壁のようなところに座って海を見つめ、鳥の声や風の音、波の音に合わせるような感じでぼんやりと歌を口ずさんで遊んでいるときだった。

「その歌……なに？」

突然、問いかけられてびっくりした。

「……」

さらさらの金髪、淡いブルーの双眸、パブリックスクールの制服がとても似合っている美しい王子さまに見え、どうしていいかわからず緊張した。

「俺はクライヴ。侯爵家の長男だけど、きみ……俺の異母弟だろう？」

友達を作ってはいけないと言われていたけれど、ランバート侯爵家の人間なら大丈夫だと思って返事をした。

「違うよ」

「じゃあ、どうしてここに」

「ぼくの母さん、今は侯爵の愛人だから。でもお父さんは違うひとだよ」

「そうなんだ。まあ、昔からたくさんいろんな相手がいたけど、小さな子供がいるからついに異母弟ができたのかと期待したんだ。でも違ったのか、残念」

ユイの隣に座ると、クライヴはポケットから包み紙を出し、レモンの香りのするパウンドケーキを半分に割ってさしだしてきた。

食べていいのだろうか。ちらっと見ると、彼がこくりとうなずく。

ユイはおそるおそる口にしてみた。次の瞬間、驚いて硬直し、目を大きく見ひらいた。

「変な顔して、どうしたの？」

こんなの、初めて食べた。レモンとライムの味がしみこんでいて、かみしめると、甘みとアーモンドの味とがふわっと溶けあって口のなかから幸せな気持ちになる。

「おいしい、なにこれ」

「レモンドリズルケーキ」

「変な名前……霧雨だなんて」

そう言いながらも、なぜ霧雨というのかすぐにわかった。パウンドケーキの上からレモンのアイシングシュガーをかけてあるのだが、それが霧雨のように見えるからだろう。

「イギリスのティータイムの定番ケーキだ。家庭の味、子供時代のおやつの時間を思いだす味だって言われてる」

「へえ、いいなあ。いつもお母さんに作ってもらってたの？」

「ないよ、お母さん、料理なんてできないから。学校で、みんながそんなふうに言うから食べてみたくなって、料理長に作ってもらったんだけど……」

「じゃあ、母さんの味じゃなくて料理長の味なんだね、これ。でもとってもおいしいよ」

ユイがくすっと笑うと、クライヴは残り半分を顔の前につきだしてきた。ひらいた口のなかに残りを入れようとする。

「ん……ふっ……おいし……」

「変なのはきみの顔だね。驚いた顔をしたり笑ったり固まったり」

クスクス笑うと、クライヴは風になびく髪を手で押さえながらじっとユイを見つめた。

「そんなに変？」

「じゃないけど、こういう弟がいたら可愛いなと思って」

「弟……欲しいの？」

「一人っ子だからな。弟がいたら楽しいかと思って」

「ぼくも一人っ子だよ」

「父親は？」

「知らない。ぼくができたことを知ったとたん、逃げたって」

「それ、ひどくない?」

クライヴはものすごく不快そうな顔をした。

「うん、でも生まれたときからいないからよくわからないよ」

「まあ、でもいいや。きみの母さんが俺の父さんの愛人ということは、義理の弟みたいな存在ってことになるよな」

「だったらうれしいな。ぼくもお兄さん欲しかったから」

「名前は?」

「ユイ」

「ユイ? 変わった響きだ」

「うん、日本語からもらったんだって。母さんが言ってた。日本語で、唯一という意味。たったひとつだけって」

「すてきな意味だね。愛情がこめられている気がする。音の響きもとてもやわらかくて、きみにとても合っている」

「そんなこと言われたの初めてだ」

「でも、きみ、そんな感じだよ。儚げで愛らしくて。その澄んだ声ともよくあっている」

「ありがとう、そんなふうに言ってもらえるとすごくうれしい」

「日本の名前ってことは日本人なの?」

「半分だけ。国籍はアイルランド」

「東洋とのハーフなんだ」

「父親が日本人。でも母さんとは結婚してない。母さんがクラブの歌手だったとき、父さんはダンサーとして留学していて、一緒に暮らしてたんだって。でも子供ができたのがわかって逃げるように帰国したってさ。いい加減な男だったたって」

「イヤなやつ、殴ってやりたいな」

「いいひとだね、クライヴって。あ、でももしかするとユイってつけてくれたのを考えると、ちょっとくらい愛情があったのかな」

「きっとそうだ。本当は息子を愛していたんだと思う。きっときみのお母さんと喧嘩して、別れたんだ。で。きみのお母さんはそのことを怒っていて、お父さんのことをきみに悪く伝えたんじゃないかな、いい加減なやつだったたって」

すてきなひとだなと思った。そんなふうに言われると心地よくなってくる。

「ありがとう、でもいいんだ、ぼく……愛されちゃいけない人間だから。母さんがそう言ってた。ぼくは人を愛してもいいけど、愛しあったらダメだって。まだ子供だから愛するとかいっても意味がよくわからないけど」

ユイの言葉にクライヴは眉をひそめた。

「愛するのは相手が愛しくてしょうがないことだ。愛されるというのは、そういう想いを抱かれること……どうして愛されたらダメなの？」

そうなったら力がなくなるから——というのは言えなかった。これは秘密だから。力がなくなったら、母さんが困ってしまう。ぼくの生きている意味がなくなる。

「じゃあ、クライヴは？　誰かを愛してる？　愛されてる？」

するとクライヴはさみしそうに目を細めて遠くを見た。

「誰かを愛しているかどうか……わからない……でも愛されるのは嫌いだ」

「え……」

「重いから」

クライヴは苦い笑みを見せた。

「同じだけのものを返せないし、返したくない。愛を押しつけられるのは好きじゃない。いや、押しつけるものじゃない。俺はそういう愛は好きじゃない」

彼のいう「そういう愛」というものがどういうものなのか——このときのユイにはよくわからなかった。

けれど愛されてはいけないユイにとっては、愛されたくないというクライヴはどこか深いところで通じている、そんな存在のような気がしていた。


それが始まりだった。クライヴと話をしたことがバレると大変なことになるらしく、こうして話をするのはふたりだけの秘密にしないといけないようだった。

「俺の母さん、きみの母さんのこと、よく思ってないから」

「どうして?」

「愛人ってよくないことなんだ。お金をもらって、道徳に反することをしているから」

「そういえば、母さん、お金、たくさんもらってるよ」

「だろ、それ、本当は……世間的には大きな声で言えないことだから」

「知らなかった、愛人てよくない仕事なんだ。あ、だけど、それ以外の仕事もあるんだ。実はそっちのほうの仕事のおかげで、食べるものも困らないし、贅沢ができていて……」

言いかけてハッとした。

「身代わりの癒し」のお仕事のことは誰にも言っちゃいけないという約束だ。母とランバート侯爵とユイの三人だけの秘密。

『このことを言ったら、私たち、もうここに住めなくなるのよ』

そうなったら母は贅沢な暮らしができなくなる、また娼婦に逆戻りする、おいしいものも食べられない、寒くて暗いアパートに戻らないといけない、お母さんは不幸になる——そう説明されていたので、ユイはそれ以上のことを口にできなかった。

「あ、他の仕事って、もしかして歌手？　ユイのお母さん、クラブの歌手だって言ってたけど」

突然のクライヴの質問に、ユイは口ごもりながらも「あ、ああ、うん」とうなずいた。

「そうか、だからユイの歌声も綺麗なんだ、天使が歌っているのかと思ったよ」

「え……」

ユイはきょとんとした顔でクライヴを見つめた。

綺麗？　天使？　今、そんなふうに言った？

「さっき、歌ってたじゃないか。あんまり綺麗な旋律だから本気でびっくりした。でもそれでわかった。母さんが歌手だから、ユイも歌がうまいんだ」

知らなかった。歌がうまいなんて初めて言われた。声が綺麗だということも。

「すごい、ぼく、そうなんだ。歌、聴かれたの、クライヴが初めてだから、全然知らなかった。うれしい、それなら」

「そうなの？　学校の授業で歌ったりしないの？　ユイなら有名な合唱団に入れるよ」

「あ、ぼく……身体が弱くて学校行ってないから。文字も読めないし、音楽のことだってよくわからないんだ。だから合唱団なんて無理だよ」

「そうなんだ、身体が……。どこが悪いの？」

「生まれつき。時々、疲れて起きあがれなくなるだけでたいしたことはないんだけど。あ、でもいいよ、ここで暮らしているの、好きだし、普段は元気だから」

「そっか。じゃあ、無理ができないって感じなんだ。友達、いないの？」

「うん。お母さんと侯爵以外の人と話をしたのはクライヴが初めてだよ」

「そう、なら、友達になろう。毎週、帰省するから」


それからクライヴが帰省してくる週末、そこで会うことになった。毎週は無理だったので、月に二回ほどだけど。

母は金曜から土曜の夜にかけてはいつも遊びに行ったので、土曜日の日中ならこっそりと会うことができた。

ふりかえると、おかしな話だが、子供だったのもあるし、ユイはまともに学校も行ってなかったので、自分の状況というものがよくわかっていなかった気もする。

ただただうれしかった。

王子さまのような、すてきなお兄さん代わりができ、時々ふたりで過ごすひととき。

二人の秘密基地のような遺跡には、海に面した断崖にケルト十字がたくさん並ぶ墓地があり、その高台からは海が見わたせた。

雨の日は遺跡のなかにある廃墟《はいきょ》のような場所で、彼から音楽を教わった。

半分屋根がなく、窓ガラスもなく、木製の椅子《いす》も祭壇も壁画も朽ちていたけれど、海を見ながら、ケルト十字の墓標に囲まれたその空間は、ふたりだけの時間を守ってくれているように感じた。

そこでクライヴが演奏するヴァイオリンに合わせ、ユイが歌を歌うのだ。

「すごい、天使の歌声だ。ユイの声は神さまからのギフトだ。美しくて、身体の奥まで浄化されるような透明感のある声……こんなにすごいの、初めて耳にした」

あまりにクライヴが感動しているので、逆に驚いた。そんなにすごいものを自分が持っていたなんて夢にも思わなかったから。

「ユイ、ロンドンにある少年合唱団に入ったらいいのに」

「無理だよ、ロンドンなんて。身体が弱いから、都会には住めないんだ。それに……ぼく……クライヴの演奏を聴きながら歌いたいだけだから」

「だったら、俺、本格的に指揮を勉強しようかな。そしてユイのためにオーケストラで指揮するんだ。たとえばクリスマスの第九の演奏を」

「第九……て……なんのことか、よくわかんないけど、すてきな夢だね」

「夢じゃない、第九、いつか一緒にやろうよ。音大を出て、俺が指揮者になって、クリスマスの演奏を任されるようになったときに。『歓喜の歌』の歌詞、ユイが歌ったら、観客、みんなが荘厳な気持ちになれると思うから。多分、ユイの声は、大人の男の声になっても透明感を保てると思うよ」

いつか――クライヴが言うそのときがこないことはわかっていた。

ユイは大人にはなれないのだから。

「そんなの無理だよ。ぼく……身体が弱くて大人になれないみたいだから」

「え……」

クライヴが顔をひきつらせる。そのとき、ハッとした。そうだ、これはランバート侯爵にも言っちゃダメだと言われていた。

「あ、ううん、何でもない」

ユイはとっさに笑みを作った。

「本当に？　本当に大丈夫なの？　もしそこまで身体が悪いならちゃんと医師に相談したほうが」

「うん、大丈夫、お母さんがちゃんと管理してくれているから。あ、あの、それより、歌、教えて。ぼく、クライヴの指揮で、その歌を歌うのを目標にしていきたいから」


そのころは本当に幸せだった。

月に一度ほどの「身代わりの癒し」の仕事はあったけれど、それ以外は特にすることもなく、クライヴから教わった歌をひそかに練習したり、教わった読み書きをそっと復習したりするのが楽しくてしょうがなかった。

本は読めなくてもいいと言われていたから、読み書きができるようになったことは母には内緒にしていたけれど、そのおかげで新聞や雑誌が読めるようになり、この世界には自分が知らないことがたくさんあるのだということに気づいた。

会えた週末には、クライヴとは歌を歌うだけでなく、いろんなことをして過ごした。

晴れた日は馬にも乗せてくれ、少し離れた海岸線や森のほうまで連れて行ってくれた。断崖の果てまで行って、ふたりで遠くの風景を眺めながら過ごす時間が愛おしくて仕方なかった。

「昔は、ここに大きな城があったんだ」

墓地の向こうに広々とした建造物の遺構があったが、そこはこのあたりの領主だったランバート家の先祖の城のひとつだったらしい。

「そして、そこにあるのは処刑された王子の墓」

ポツンと一つだけ離れた場所にケルト十字の墓標が建っていた。後ろに何か古代のケルトの言葉が刻まれている。

「処刑？」

「うん、古代ケルト語でそう書かれている」

よくわからない文字だけど、クライヴは読めるらしい。

「ケルト語、読めるの？」

「少しだけ」

クライヴによると、そこには不遇な死を遂げた王子のことが刻まれているようだ。

「俺と同じ名前、クライヴという王子の墓だ」

「名前が一緒なの？」

「ああ、侯爵家では、三代ごとに後継者にクライヴとつけることになっている、呪いを封じこめるために」

「呪いなんてあるの？」

突然の言葉に驚き、ユイは墓標に視線をむけた。

「俺の先祖には、ドルイドの呪いがかけられているんだ」

この王子は白い薔薇の花のようだったとたとえられるほど美しく、優しく、それでいてローマ帝国の侵攻時には負け知らずの騎士として恐れられていた。けれど親族と仲間割れし、部下を救うため、生け捕りにされてしまう。

その後、捕虜として、ここで数カ月間、暮らしたらしい。

「ちょうど俺たちが逢瀬《おうせ》に使っている廃墟……あのあたりに王子が捕らえられていた牢獄《ろうごく》があったようだ」

「え……」

「そのとき、ドルイドの巫子に呪いをかけられ、処刑されたんだ」

当時、ケルト民族は精霊や魔物を強く信じていた。ハロウィーンの起源になった祭のときは現世と来世の境界線が近くなり、死者の魂とともに悪霊も一緒にやってくるので、その悪霊に人間だと気づかれないように、火を焚《た》き、仮面を着けていたとか。

ドルイドはそうした祭祀も行っていたが、いつしかキリスト教徒の勢力が強くなるにつれ、妖しい魔法使いとして迫害されるようになっていた。

「文献によると、ドルイドの巫子を利用しようとして失敗して処刑されたようだ。悪霊の仲間という噂があったらしい」

クライヴは碑文の文字を一つ一つじっと見つめたあと、ボソリと呟いた。

「くわしいことまではわからないけど、王子に裏切られ、憎しみを抱いたドルイドの巫子がこの地に呪いをかけたってさ。だからここには永遠に四つ葉のクローバーは生えない。白詰草《しろつめくさ》の花は咲かないと記されている。巫子は何度でも地獄からよみがえり、ランバート侯爵家を呪い、恨み続けているってさ」

そんなことが書かれているようだ。

「今も？」

「そのようだ。だからハロウィンの仮装と同じ、呪いを封印するため、男の子にクライヴと名付けて悪霊に、ここにいるのはクライヴ王子だ、呪いをかけた相手ではない、おまえの愛した相手だから呪うなと伝えるようにしている――そんな風習があるんだ」

「それで……ここだけ花が咲かないの？」

土が違うようにも見えないのに、くっきりと境界線が分かれているようにここだけクローバーの葉の色が違う。

「ああ、ここだけ。処刑された王子の哀しみのせいか、ドルイドの呪いのせいかわからないけど……そんなことが我が家の年代記にも書かれている」

年代記に呪いだなんて。でもそれだけ信憑性《しんぴょうせい》のあることなのだろうか。

花が咲かない土地、四つ葉のクローバーが育たない場所。さみしいのに、怖い場所なのに。なぜか胸が熱くなってきた。

「そんな怖い土地なのに……変だね、ぼく、なんか懐かしい気がする」

本当にとても懐かしい気がして、なぜか涙が出てきた。どうしてだろう。胸の奥がキリキリと痛くなってくる。

廃墟となった古城の跡……。

「でもここ以外は、ちゃんと花が咲くんだ、おいで」

クライヴに連れられ、墓標を背にして進み、二百メートルほどの高さの断崖の上から大西洋の海を見わたした。

澄み渡るように晴れた日には、遠くにアラン諸島が見える場所らしい。

「あっ、ここには白詰草の花が」

花だけじゃない。四つ葉のクローバーもある。ほんの少し離れただけなのに、このあたりにはちゃんと花が咲いている。

「クローバーの花冠……幸せの印に」

純白の白詰草の花を手にとり、クライヴは器用な仕草で編んでポンとユイの頭に乗せた。

「かわいい、すごくいい。お姫様のようだ」

「男だよ、ぼく」

「でもかわいい、あ、もっと違う色も足したらいいかな」

クライヴはもう一度花冠を作り直した。

純白のポンポンのような花にクローバーの葉と茎、そこに小さなラヴェンダー色の花とタンポポを少しだけ添え、豪華なリースを作り、片方にクローバーの葉だけで編んだリボンを垂らして、ユイの頭に乗せ直した。

「うん、いい感じ」

「本当に？」

「なんか……一瞬、ユイが中世の少女に見えた。今日、そんな格好しているせいかな」

そんな格好とは、ケルト風のロングチュニックにズボンを身につけていたせいかもしれない。ふっと自分もそんな姿が見える気がした。

見わたすかぎりの青空が美しい。雲ひとつない。空をうつしこんだような海原を海鳥たちが舞っている。

この風景に不思議な既視感があるせいかもしれない。

『かわいい、すごくいい。お姫さまのようだ』

『男だよ、ぼく』

『でもかわいい、あ、もっと違う色も足したらいいかな』

そしてこの会話もどこかで耳にした気がする。花冠から漂う、むせるような緑と葡萄《ぶどう》に似た香りに胸が切なくなったのも記憶している。

もう一度、クライヴが後ろからユイを抱きしめる。

——あ……。

やっぱり感じる。

どこかで、こうして花冠を乗せて、この光景を見ていたような気がするのだが、思い出せない。ただただ胸が痛く苦しくなってくるのはどうしてだろう。

「ここ……きたことがある気がする」

「俺も……どうしてだろう」

海鳥の声、波の音、それから断崖、そして小さな白い花。風が強く二人を煽《あお》る。

「あ……」

そのまま風に運ばれそうになったユイの肩をつかみ、後ろからクライヴが抱きしめてくれる。ふっとそのときも、以前もこうした気がしてさらに胸が切なくなった。

そこにいるだけで涙が止まらない。

包みこむように抱きしめてくるクライヴの腕に頰《ほお》を寄せていると、後ろからトクトクとクライヴの心音がうっすらと背中に響いてくる。

二人で夕陽が西の海に消えるまで見続ける時間。八歳と十三歳の、血のつながりもなければ、何の縁もなかったはずのふたり。

けれどなぜかずっと前からそうして過ごしていたような気がしていた。


それからしばらくしてアイルランドに冬が近づくにつれ、霧や風が強くなって廃墟には近づきにくくなってきた。

仕方なく、別荘の近くにある灯台守の番小屋でおちあうことにした。

クライヴはそこでもよくヴァイオリンを演奏し、ユイにも歌を教えてくれた。

クライヴには音楽の才能があるらしく、学校ではそのまま音楽教育をしてはどうかとすすめられたそうだが、侯爵家の家督を継ぐため、母親が反対しているらしい。

「母さん、心の病気でね。父さんがかえりみない分、俺に過度のプレッシャーをかけてくるんだ。それが俺には苦しい。激しすぎる愛情が重いんだ」

だから彼は愛されることが嫌なのだ、と、そのとき、理解した。

そしてクライヴにとって音楽は、そんな心の鬱屈《うっくつ》を吐き出す手段だったようだ。

しがらみ、因習、伝統……ユイにはわからないものをたくさん抱え、背負っている。

別の意味で孤独だったユイには、彼のその孤独が創りだす音楽が好きだった。

母親からの愛を重荷だと感じて、愛されることを極端に嫌がっているクライヴと、母親から、他者からの愛を望むなと言われているユイ。

愛を拒否する子供と、愛をあきらめている子供。

もしかするとふたりは互いの孤独を共有するように惹《ひ》かれあっていったのかもしれない。

「クライヴの音楽、大好き。演奏している姿も好きだ」

「まあ、趣味の範囲だけど、ユイが歌ってくれるとやる気が起きる。ユイの声からは、天使の姿が感じられる。それから鳥の声も風の音も海の音も……」

「ぼくは……それしか知らないから」

「だからかな、ユイと知りあってから、音楽の教師からもっと本格的に音楽をやらないかと強く誘われるようになったんだ。前から音楽をやればいいと言われていたけど、最近は、世界を包みこむだけの力がある、と。森羅万象の美しさと情熱的な愛情があるって。多分、ユイから感じられるものと、ユイへの気持ちが俺を成長させたんだと思う」

「すごい、おめでとう」

「ありがとう、ユイ」

そっとほおにクライヴがキスしてくる。ユイはクライヴの手を取り、その甲にキスをした。

「ありがとうを言うのは、ぼくのほうだよ。こんなにうれしいことないよ」

「ずっと俺のそばで歌ってくれる？」

「うん、命のあるかぎり」

「大げさだな」

「大げさでもいいよ、一生、クライヴのそばにいるってことだから」

大人になるまで生きることはできない。でも一分でも一秒でもクライヴのそばで歌っていよう、と思っていた。その誓いをこめ、ユイはもう一度クライヴの手にキスをした。


それからもクライヴが帰省するごとにそこで待ちあわせした。

休みになると、母はロンドンに遊びに行っていたので、ユイが家で歌の練習をしていることにもきづいていなかった。

新しい彼氏ができたらしく、ユイが侯爵家で「身代わりの癒し」で手に入れたお金をその男性に貢いでいたというのを知るのはもっとずっと後のことだ。

「ユイ、最近、瘦《や》せてない？」

「そっかな」

「心配だな、ユイ、実年齢よりもずっと幼く見えるけど、前より小さくなった気がして」

同い年の少年がどんな感じなのかよく知らない。学校に行ってないのだから。

「ありがとう、気遣ってくれて」

心配されるのは嬉しい。誰もユイのことを心配してくれるひとはいない。

「それにしても、ユイの母さんと俺の父さん、どこで知りあったんだろうな。ユイの母さんが歌手だったときかな」

彼の父親は、たいてい女優やモデルと付き合っていたらしいが、ユイの母親のように娼婦をしていた女性を愛人にしたことはなかったらしい。

「美人だからね、きみの母さんも。ユイも」

「ぼくも？」

「うん、かわいい。すごく綺麗になると思う」

真顔で言われ、ドキドキした。

「クライヴこそ、本当の王子さまみたいだよ」

「それはよく言われる」

「自分で言う？」

冗談めかして笑いながらも、たしかにそうだろうとは思う。こんな綺麗なひと、これまで見たことがない。

上品で優雅で頭が良くて、ヴァイオリンも乗馬も上手だ。その上、優しい。好きにならないほうがおかしい。と思う前に、すでにユイはクライヴが好きになっていた。

「ぼく、クライヴが大好きだよ」

「俺も世界で誰よりもユイが好きだ。大人になったら、一緒に世界中を旅行しよう。二人で」

「いいの？」

「旅行だけでなく、ユイ、できれば……」

クライヴはユイを抱きしめた。

「ずっと一緒にいよう。死ぬまで、永遠に」

それは同性だけど、結婚したいという意味？　問いかけるまでもなく、クライヴはその答えを口にした。

「結婚……考えてくれる？」

結婚――――。

ああ、胸が高鳴る。クライヴと結婚、ぼくが。大人になれないけど、夢を見てもいいだろうか。そんな日が来るかもしれない、と。

「でも……ぼく……愛されたらいけないって……そんなことをしたら母さんが不幸になっちゃうって言ってた」

「じゃあ、愛されていると思わなくていい。俺が愛しているだけ……ということで」

「クライヴもそう？　愛されるの、重いって言ってたよね」

「うん……苦手だね」

「なら、ぼくもそうする。クライヴは愛されていると思わないで。ぼくが勝手にクライヴを愛しているだけだから」

互いに両片思い。それも素敵だと思った。相手に重荷を与えず、自分だけが相手を思う。そういう愛なら、大丈夫だよね、母さん……とユイは心のなかで呟いていた。

「じゃあ、これで決まりだな。そのためにちょっと動いてみる。ユイの身体のことも含めて」


クライヴの言葉の意味……。彼が何をしようとしたのかは、その後、別荘に訪ねてきた女性の言葉からすぐにわかった。

クライヴの母親だった。

息子そっくりの美女だが、性格はまるで違った。高位の貴族出身らしく、プライドが高く、ランバート侯爵とは不仲だった。

「この子、クライヴを誘惑しているのよ。クライヴがこの子を大学までやって、将来は一緒に仕事をするとまで言いだして。あり得ないわ、縁もゆかりもない娼婦の息子に対して。何とかして。どこかの施設にでも追いやったら？」

その言葉に、ランバート侯爵もユイの母親も驚き、ユイに問いかけてきた。

クライヴと会っているのかどうか。ユイは頑《かたく》なに返事をしなかった。

「ねえ、ユイ、わかって。クライヴとは二度と会っちゃダメよ。ママはね、ランバート侯爵の愛人じゃないのよ。お仕事でここにいるの」

「え……」

そのとき、初めて知った。母はランバート侯爵の愛人ではなく、ユイの力を使って仕事をするために、愛人のふりをしてそこに住んでいるだけということを。

「身代わりの癒しの仕事をしていることを侯爵夫人は知らないの。だから勝手に誤解しているだけ。クライヴもわかってないのよ」

「じゃあ、お仕事のためにここにいるの？」

「そう、ユイが十八歳までここでお仕事する契約をしたの。だからクライヴと約束なんてしちゃダメよ。ユイは大学なんて行けないの。十八歳……せいぜい長くても二十歳までは無理。大人になるまで生きられないんだから」

「そうなの？」

十八歳、長くても二十歳になるのは無理？　なんとなく命が短いとは聞いていたけれど。

「前から言ってるでしょう、男の子は大人になれないって。子供を作ることもできないし、誰かを好きになってても愛しあっちゃダメ。もちろん結婚も無理。何度もそう言ったでしょう。人からの愛を望んだらいけないって。ユイを愛した人を哀しませるじゃない。結婚なんてしたら相手が絶望に苦しんでしまうことになるのよ、喪失感で、彼のその後を不幸にしちゃうのよ」

そういう意味だったのか。

クライヴと一緒にいると、自分も彼と同じように普通の人間で未来がひらけているように感じたが、もともと身体が弱くて男の子は長生きできないと聞いていた。

自分から愛してもいいけど、愛されてはダメという言葉には、相手への思いやりが含まれていたのだ。愛した人間がいなくなる喪失感を相手に与えないための。

「クライヴは知らないから、あなたをいろんなところに誘うかもしれないけど、あなたはね、ママのそばから離れたら、生きてはいけないの。お仕事のあと、いつでも寝こんでしまうでしょう？　あなたの身体は普通の生活には向いてないのよ」

「……」

「あなたのお仕事を手伝えるのもママだけだし、あなたの身体をケアできるのもママだけなのよ。だからママから離れないで」

大人になれない。十八歳くらいまでしか無理。運動もできない。人と愛しあうこともできない。だから愛されることを望んではいけない。子供も作れない。自分には未来がないのだ。相手を哀しませるだけ。ユイを愛した人間は、ユイを喪ってしまう絶望に突き落とされる。

『ユイは、自分の大切なひとがいなくなるのって辛いでしょう？』

母の言うとおりだ。愛を受け入れたら、相手を辛くしてしまう。それなら愛されないままのほうがいい。自分だけが愛するだけで。


その後、クライヴの母親は、息子にはユイに会わないようにとは伝えなかったようだ。だからクライヴは自分の母親がユイたちのところにきたことは知らなかった。

そしてそれをクライヴに言うなと言われたので、ユイは伝えなかった。伝えたら、契約違反で、母を追いだすと言われたからだ。

「クライヴに会って、お別れを伝えてくる」

これで終わりだから……と、その次のクリスマス休暇のとき、ユイはそう言ってクライヴと待ちあわせをしている灯台に向かった。

クライヴはユイと楽しく過ごそうと、そこにクリスマスツリーやケーキ、それからクリスマスプレゼントにと、クラダリングをくれた。

「クローバーの花冠も『約束』の意味があるけど、このリングもそう。愛の誓いを」

「え……」

ハートを両手で包み込む形のリング。

「まだ子供だからこのサイズだけど、大人になったらちゃんとしたサイズのものを渡すから」

このサイズ……と言われても、どう見てもダイヤモンドやエメラルド、それから本物の金で作られているのがわかる。

「こんなの……もらっていいの？」

「約束だ」

どうしよう、もうお別れを伝えるつもりだったのに。胸が痛い。

涙が出てくるほど嬉しい。

「ユイ、お母さんに頼んでみた。愛人の子でも、きみはとても聡明《そうめい》でいい子だから、将来、自分のそばにいてもらいたいって」

それはきっとこの前、訪ねてくる前のことだろう。

「そのとき、お母さん、なんて？」

「すぐにはできないけど、検討するって。少し時間が欲しいって。だから待ってくれ」

検討すると言っている間に、クライヴと別れろということなのだろう。

「クライヴ、ダメだ、ぼく、もうあなたとは……。これが最後だと思ってきたんだ」

「どうして」

クライヴが絶望で唇をふるわせる。

「ぼくの母さん、仕事で……ここにいるだけで、愛人でも何でもないんだ。だけど……その仕事のことはとても大事な秘密で、人に言えないから……それで……クライヴのお母さんに嫌な思いをさせている。それにぼくは……未来はないから」

ユイはクライヴに指輪を返そうとした。しかしその裏側に記されている文字に気づき、ハッとした。

ユイへ。愛と誓いと約束をこめて。クライヴ。

「……そんな……」

「まだ子供の俺がまだ子供のきみにこんなものを渡すのは早いけど、でもこれまでの小遣い全部使って作ったんだ。もらってくれ」

「もらえない……」

「俺が嫌いだから？」

「違う、大好きだよ、クライヴのこと、大好きだけど、ずっと一緒にはいられないから」

「それでもいい、今だけでもいい、好きという気持ちがあるなら受けとってほしい」

「でも、ぼく……クライヴに何も返せないよ」

「いいよ、受けとってくれるだけで」

クライヴの愛の指輪――どうして手放すことができるだろう。

たとえ会えなくなるにしても、これだけは……。


結局、その日、クライヴに「さよなら」を告げることはできなかった。

でもその代わり、手紙を書いた。

自分は仕事でここにいるから、その役目をまっとうするためにもクライヴには会えない、と。

しかしそのことにクライヴは気づいていたらしい。

年が明け、彼の冬季休暇があと一日で終わるというその日、クライヴは馬でユイに会いにきた。ちょうど雪が小降りになり、風も弱かったので、簡単にこられたらしい。

明日、大事な客がきて、大事な仕事をする予定があるので、部屋で安静にしているようにと言われたけれど、ユイはこっそり抜けだしてクライヴのいる場所にむかった。

クライヴは近くまで馬で迎えにきてくれていた。

「ユイ……身代わりの癒しの仕事を……してるんだな」

いつもの灯台でクライヴに訊かれ、ユイは無言でうつむいた。

「ランバート家に伝わる代々の侯爵の年代記、俺もいずれ受け継ぐ予定のものなんだけど、銀行の貸金庫にそれが預けてあって、執事と弁護士に頼んで見せてもらった。一応、俺には権利があるからという理由で」

そうか、彼は知る権利があったのか。

「もう一度、訊く。癒しの仕事をしてるんだな」

「うん、してるよ」

笑顔で答えた。

するとクライヴは絶望的な眼差しでユイを見つめた。

「だから……いつも顔色が悪くて、そんなに細いのか」

声も震えている。こんなクライヴは初めてだ。

「そうだよ、身体、弱いんだ。この仕事をしている男の子は十八から二十歳くらいまでしか生きられないって言ってた。長く生きられない、人と愛しあっちゃダメ、結婚もできない、子供のまま逝くんだって」

「それでいいわけ？」

クライヴは泣きそうな顔をしている。

「いいもなにもそうだって言われてきたから」

「誰がそんなことを？」

ユイの両肩に手をかけ、クライヴが深刻な顔で問いかけてくる。

「お母さんも侯爵も。ぼくはね、このために生まれてきたんだって。大人になるまでがんばって働いて、それで死ぬんだって」

するとクライヴはユイを強く抱きしめた。

「もうやめるんだ、ユイ」

「え……」

「もうそんなことはしなくていい」

祈るように言われ、ユイは目をきょとんとさせた。

「どうして？」

「たのむ、やめてくれ」

「ダメだよ、ぼくが死ぬまでこれをするって、母さん、お金をもらってるから」

「金の問題じゃない、どうしてこんなことが……」

クライヴは意を決したように自分の着ていたコートをユイにかけた。

「これから一緒にダブリンへ行こう」

いきなりどうしたのか。

「そのあと、どうするか考えるとして。ここから逃げるんだ」

「ダメだよ、明日、大事な仕事があるって」

「……っ」

クライヴは絶望的な顔をした。

「知ってる、それ……イギリスの貴族の末息子だ」

「うん。心臓の移植手術が必要だけど、ぼくが「身代わりの癒し」をすればその必要なくなるって。だからがんばらないと」

「しなくていい、そんなの、きみがする必要ないんだっ！」

クライヴの声が灯台に反響する。

「どうして、どうしてしなくていいって。人の命を助けられるんだよ、すごくいい仕事だよ。母さんも喜んでいるし」

「その分、ユイの寿命が減る」

「でももともと大人になるまで生きられないって」

「違う、意味が違うんだ、寿命を与えてしまうからなんだ」

「え……」

「十八歳まで生きられないんじゃない。生きられなくしてしまっているんだ。頼む、もうこれ以上、自分の寿命を人にやるな。愛しあえない、愛をもらったらいけないっていうのもそれが理由なんだ。きみは母親から洗脳されているだけなんだよ」

「…………っ！」

ユイは驚いてクライヴを見た。

「じ、じゃあ、ぼく、生きられるかもしれないの？　愛しあってもいいの？」

「わからない、これまでどのくらいユイが寿命を使ってきたのかわからないから。だけど、少なくともここでやめたら、助かるかもしれない。まだ生きられるかも」

「でも心臓移植の人、死んじゃうかもしれないよ」

「それはそいつの寿命だ。現代医学で助からないのならそれは仕方のないことだ。そのためにユイが寿命を分けてやることなんてないから」

「……」

驚いた。そんなことを言われたのは初めてだから。

「だけど、明日しないと、その人、どうなるの」

「いいんだ、今日明日には死なない。だから少し考える時間を。俺と一緒にダブリンに行って、そこで考えるんだ。冷静に」


「ここからいくぞ」

クライヴはユイを馬に乗せ、人目を避けるようにして近郊にあるゴールウェイの駅へと行くことにした。

馬を知人の家に預けたあと、タクシーで駅へとむかう。

そこから首都のダブリンまでは二時間ちょっとだ。

だが、吹雪と霧のせいでダブリンに行く電車も長距離バスも止まっていた。

閑散としたバスターミナルとひなびた電車の駅は人気がまったくない。

冬場はよくあることらしい。タクシーだと身元がバレてしまう可能性があるので、地元の乗合バスに乗り込み、もう少し先まで行くことにした。

「別の街に行こう」

「うん」

しかしすぐにランバート侯爵家からの捜索の手が伸びていることに気づいた。警察が二人組の子供がいないか尋ねているのを見かけたのだ。侯爵家はユイとクライヴの行方を追っていた。

「北上しよう。あのバスに乗れば……」

仕方なく、乗合バスに乗ってダブリンとは反対方向の港町に向かった。

そこは、それまでの詩情にあふれた湖水地方の村と違い、どんよりと鉛色の雲が垂れこめ、霧に覆われた薄暗い雰囲気の港町だった。

「ここは漁船が出入りしている。ヨーロッパに密航できる船を探す」

そこは大西洋のサーモン漁や蟹《かに》漁に出た大型の漁船をはじめ、近海にある油田で採掘した石油を運搬するタンカーなどがひしめきあうように停泊していた。

百隻もの漁船や貨物船のクルーが入りこむ港町。

歴史的な教会や博物館もあるものの、街の大通りを歩いているのは、船乗りや日雇い労働者などの、見るからに荒くれ者といった男たちばかり。

電車も通っていない。

ゴールウェイにむかうバスも一日に数本しかない。

「荒《すさ》んだところがあるんだな」

貴族出身のクライヴには驚くような光景だった。

「ぼくは平気だよ。こういうところにいたから」

「本当に？」

「侯爵家に行くまでずっと」

母さんは娼婦だった。ダウンタウンのゴミゴミした路地裏で暮らしていた。

「クライヴのところに引き取られて、それからずっといい暮らしをしていたけど、昔はね、寒さとかひもじさとか当たり前だったんだよ」

「そう……なのか」

「だから、ひもじくても寒くても、ぼく、平気だよ。今のほうがずっと幸せだから。クライヴがいるだけで、ずっとずっと幸せだから」

「そんなふうに笑うな」

「え……」

クライヴは泣きそうな顔でユイから視線をずらした。

「大好きな相手に……そんなことを言われると哀しくなる」

「何で？　ぼく、幸せなのに」

笑顔で言うユイをクライヴはたまらなさそうに抱きしめた。

「とにかくどこか泊まれるところを探そう」

治安は悪いものの、安宿は多く、適当に泊まってもいいが、居場所を知られてはいけないので、少し先にある牧畜用の廃屋に泊まることにした。

「寒くない？」

「ぼく、平気だよ、クライヴこそ……ごめんね、ぼくのせいでこんなところに」

ユイが泣きながら謝ると、クライヴは優しく抱きしめてくれた。

寒いけれど彼といるだけで温かく感じられた。

「ユイのせいじゃない。俺がまだ子供で……何の力もないから。悔しい……何もできない自分が」

「クライヴ……」

切なそうな彼の言葉が胸に痛い。

「きみを守れない。それが情けなくて。……そうだ、なにかして欲しいことはないか？　なにをすればもっとユイが幸せになれる？」

特になかった。二人でいられることが幸せだった。けれど、ちょっと気持ちを明るくしたくて言ってみた。

「ぼく……クリスマスにレモンドリズルケーキ……食べたい」

驚いたように目を見ひらいたあと、クライヴがふっと目を細める。

「クリスマス……終わったばかりだよ」

「うん……そうだけど」

「いいね、次のクリスマスに食べよう」

クライヴが強くユイを抱きしめる。すきまから入り込んでくる海からの潮風はとても冷たいけれど、彼の体温がとてもあたたかくて幸せだった。

小屋のなかまで霧が入ってきているけれど、そのおかげで自分たちが守られているような気がしていた。とてつもなく寒い。息が白い。凍《い》てついた空気が痛い。

「寒い？　お腹、すいた？」

ガタガタ震えていると、クライヴが心配そうに問いかけてきた。

「ぼく……平気だよ」

そう言いながらも歯が噛み合わない。

「温かいものを探しに行こう。食べ物も。少し先のガソリンスタンドに。このままだとユイが死んでしまう。死なせたくなくて逃げ出したのに。俺、どうしようもなく情けないな」

朝になるのを待って人目を避けるようにして、暗い海岸線を進んでいく。

ゴミが流れ着いているのがわかった。岸壁の上からだと綺麗な海しか見えないのに。壊れかかったバービー人形、空き缶、ペットボトル、洗剤や衣類、靴もある。

そんなふたりの頭上から冷たい雨が降ってくる。

ほおも痛い。首筋も痛い。横殴りの雨が全身に突き刺さる。

「ダメだ、防犯カメラがある。一緒にいるとまずいから、ユイは物陰で待ってて」

クライヴは現金をいくらか持っていたが、チャージ済みのＩＣカードは使えない。

普段はそれだけでなんでもできるそうだが、居場所がバレてしまうため、現金だけでなんとかしていくしかなかった。

しかしそのとき、もう警察が様子を見にきているのがわかった。複数のパトカーの姿が見え、懐中電灯を持って岸壁や砂浜を捜索していた。

「逃げよう、ここもダメだ」

クライヴと手をとり、岸壁に面した海岸沿いの道へとむかう。海のほうに逃げようとしたとき、パトカーがふたりに気づいて近づいてきた。

「クライヴ、あっちに」

とっさにユイはクライヴの手をとって対向車線に飛びだした。そのとき、岸壁のカーブを曲がってきた別の車のライトがふたりを明るく照らした。

「ユイっ、危ないっ！」

「うっ」

クラクションの音が響き渡ったかと思うと、ふたりの身体が岸壁のむこうにはじきだされる。すんでのところでクライヴが抱きしめたため、ユイに直接の衝撃が加わることはなかった。ただその勢いでガードレールを越え、海の方向へと投げだされてしまった。

「ユイっ！」

クライヴに抱きしめられたまま真冬の海に落ちていく。

冷たく凍りついた冬のアイルランドの海。波は激しく、霧がかかっていて落ちたものは助からないという。だからもうこのまま二人で死ぬのだと思った。

「ごめん……助けたかったのに」

結局、こんなことになって、すまない、俺はなにもできなかった。

クライヴが嘆いている声が聞こえてきた。そして同時に母の声が聞こえてくる気がした。

『だから言ったでしょう、愛されることを求めたら不幸になるって』

そしてその向こうから別の人間の声も。

『彼からの愛を拒否してしまった後悔にずっと苛《さいな》まれている』

それは誰の言葉？　そう話すのは誰だ？

3　ユイの決意

「ごめん、助けたかったのに」

ごめん、ごめん、ごめん……と、彼の言葉が耳の奥でリフレインする。

事故にあって、突きでた断崖から真冬の大西洋に落ちていった二人の男の子……。

運よく西側から風が吹いていたのもあり、波に乗って海岸沿いの岩場に打ちあげられた。

けれど、ユイを庇《かば》うように抱きしめて車の前に立ちはだかったクライヴは崖から転落するときに頭に大怪我をし、岩場に打ちあげられても意識を失った状態だった。

「クライヴ……クライヴ……」

幸いにも入り組んだ入り江になっていて、ユイは苔《こけ》に滑りそうになりながらも必死になって波のかからない岩陰にクライヴをひきずりあげた。

「……ん……っ」

冬の海の冷たさに全身が痺れたように痛んだ。身体の芯《しん》まで寒くて凍えていた。ガタガタと震えながらも、ただただクライヴの命を助けなければと必死だった。

ユイはクライヴのひたいに手を当てた。手のひらの表面に、ずん……と冷たく重い沼に沈んでいくような感覚が伝わってきた。

命の火が消えかかっている。それだけははっきりとわかった。

けれどまだ今なら大丈夫だ、という感覚があった。

ただユイ自身、海に落ちて弱っていたのもあって不安ではあった。

母がいないときに力を使うのは初めてで、どうコントロールすればいいのかわからない。いつも母がそばで導いてくれたから。でもやらなければクライヴの命が失われてしまう。

──どうしよう、クライヴ、クライヴ。クライヴが死んじゃう。

呼吸が浅い。脈も弱い。血の気を失った顔からは明らかに死の予兆が感じられた。「身代わりの癒し」の仕事をしていたからわかる。

「今……助けるから……ぼくがあなたを……絶対に助けるから」

祈るように呟き、ユイはいったん手を離したあと、もう一度クライヴに手を伸ばした。

幸いにも雨が小降りになってきていた。今なら集中できる。

「っ……だめだ……ユイが……死ぬ……そんなこと……したら」

クライヴがうっすらと目を開けて気づき、何とかしてユイの手を払おうとする。だが、彼の力はそこまでだった。

「ユイ……っ……だめだ……やめ……っ……」

彼ががっくりと意識を失う。

おそらく精一杯の力をふりしぼってそれだけを呟いたのだろう。けれどやめてしまったらクライヴの命の灯火《ともしび》はすぐに尽きてしまう。

想像したとたん、激しい絶望に胸が引き裂かれそうになった。目の前が真っ暗になり、全身が砕け

そうな痛みに気が遠くなる気がした。

いやだ、それだけはいやだ。クライヴのいない世界でなんて生きていられない。大好きなクライヴ、失いたくない。

「しっかりして、大丈夫だから」

そうだ、このときのために自分がいるのだ。この「身代わりの癒し」の力は、愛するひとのために使うものなのだ。そう思った。

この力があれば、クライヴを助けることができる。彼を守ることができる。

「お願い、生きたいと願って」

祈りをこめ、彼に触れる。すっと触れた場所に温《ぬく》もりが生まれ、じわじわと熱くなっていく。

どのくらい彼に触れていればいいかわからない。いつもは母が「ここまで」と言って止めるのだが、今はわからないから永遠に触れていようと思っていた。

そのとき、視界で、雪が揺れた。

「あ……」

いつのまにか雪が降っていた。雨が雪に変わっていたのだ。

ユイの髪にもまぶたにも唇にも、首筋にも指先にも、降り落ちてくる雪が体温に触れて一瞬で溶けていくが、不思議と冷たくはなかった。

むしろその柔らかさにあたたかみを感じていた。

とても心地がいい。「身代わりの癒し」の力で仕事をしていたとき、一度も感じたことのない幸福感が胸に広がっていく。

甘くておいしいレモンドリズルケーキを食べたときの幸福感に似ていた。

全身がそのふわふわとした優しさに包まれ、魂が真っ白になっていくような気がした。真っ白な雪と霧に包まれて、安らかになっていく。

彼の傷を治す。治せるかぎり、すべての傷を――――。

少しずつユイの意識が遠ざかっていく。そうして意識を手放す寸前、ふっとまぶたのむこうにあのケルト十字の墓標が透けて見えた。

いつもクライヴと過ごしていた霧に包まれた海の前の丘の墓標――――。

意識を失っている間、ユイはずっとその夢のなかにいた。

『待って、お願い、待って……逝かないで』

泣きながら、ケルト十字の墓標に枯れてしまった花冠をかけている自分がいる。

いや、違う、正しくは、ユイではなく、ユイにそっくりの髪の長い少年だ。

それに年齢も違う。大人というほどではないけど、身長が今のユイより高くて、十代後半のような感じに見える。でも顔はそっくりだ。

ケルト風の民族衣装を着ている。そしてその頭上からもしんしんと雪が降っていた。

――あの墓は……たしかクライヴと同じ名前の王子が眠っていると言っていたけど……どうしてぼくとそっくりな子が泣いているのだろう。

あの子は、きっと王子のことが好きだったのだ――と、なんとなくそう思った。

ランバート侯爵家には呪いがかかっていると言っていたけど、あの子が呪いをかけたのだろうか。

それとも王子が呪ったのだろうか。

くわしいことはわからないけれど、極限までクライヴに力をそそいだせいか、このとき、ユイはあの世とこの世の境界線をさまよっていたのだと思う。

だからきっとあの墓標に残っている思念と魂が共鳴しあったのだろう。

これまであの墓標のところに行くたび、何となく胸が騒がしくなった。誰かの感情のようなものに触れて、なつかしさを感じたり、愛しさを感じたり、ふいに哀しくなったり。けれど漠然としてはっきりと輪郭が見えなかった感情が明確に理解できた。

あの墓標に残っている感情の気配――それは呪いではない。多分、その少年の王子への「愛」だ。

そんな気がした。

いつしかユイは彼の背後に立っていた。

『きみは……そのひとを愛していたんだね。そこで眠っているひとを』

後ろから話しかけると、墓標の前にいた少年がふりかえる。

泣きそうな目と視線が合う。霧がかかっていてうっすらとしか見えないけれど、それでも彼が自分とそっくりだというのはわかった。

『王子とは結ばれなかったの？』

問いかけても彼は返事をしない。ただ切なそうにじっとこちらを見ている。

『ぼくは……きみなんだよね？』

心のどこかで認識していた、彼は前世のぼくだ――と。

彼が唇をふるわせ、おそるおそるといった様子でこちらに手を伸ばしてくる。

ユイはその手をつかんでいた。

その瞬間、彼の声が聞こえてきた。その手に触れないと、彼の声は聞こえてこないらしいというのがわかった。

――ぼくはきみだよ、ユイ。きみは千年後のぼくなんだ。

『千年後？　だとしたら、そんな前に……ぼくの前世があったの？　ぼくはきみの生まれ変わりなんだね』

彼はかすかに首を左右に振った。

――そうも言えるけど、正しくはそうじゃない。

ユイは小首をかしげた。

――遠い遠い昔、きみの魂はここにいた。それがぼくなんだ。ぼくが始まりだったんだ。くり返される輪廻《りんね》の恋の始まり。

では何度も生まれ変わりをくり返しているのか。

呆然とユイは彼を見つめた。

――そしてここに眠っているのは、ぼくの愛した人。彼からの愛を拒否してしまった後悔に、ぼくはずっと苛まれている。だから何度、生まれ変わってもぼくは必ず彼を失ってしまう。

とても哀しそうな声がユイの胸に痛く響いた。

『必ず失う？　どうして……どうして』

それはクライヴと自分のことなのか。

――ぼくが……巫子だから。この力のせいでぼくはいつも彼を失う。そして彼もぼくを失う。

どうして、どうして失うの？

いつもってどういうことなの？

何度生まれ変わってもということは、やっぱり輪廻をくりかえしているの？　ぼくとクライヴは何度も同じことを経験しているの？

――この哀しみを止めて。この連鎖を断ち切って。二度と失わないように。ふたりが幸せになる方法をさがして。

涙を流しながら、彼がユイから手を離してあとずさっていく。

『お願い、待って、教えて！』

どうやったらできるのか、もし失わないで済むならどうすればいいのか。

もう一度、彼の声を聞こうと、手を伸ばした。けれどその瞬間、目の前をさっと霧が覆い、視界に彼の姿はなかった。

そしてユイは意識をとりもどしていたが、そのとき、夢のことはすっかり記憶から消えていた。


「――よかった、あなた、半月も意識を失っていたのよ」

気がついたとき、ユイの目に病院の天井が飛びこんできた。

母がほっとしたような顔でベッドサイドに座っている。

大量の力を使ったようで、それからさらに数週間、ユイはずっと起きあがることができなかったが、おかげでクライヴの命が助かったとわかり、ほっと胸を撫《な》で下ろした。

「一歩間違うと、侯爵夫人から殺されてたわよ、私たち。結果的にあなたのおかげで助かったんだからって、侯爵がとりなしてくれたからよかったけど」

母はそんなふうに話していた。

脳の損傷が激しく、出血も大量、さらに冬の海に落ちた状態。数日ほど、集中治療室にいたが、十日もすれば起きあがれるようになったとか。

医師は奇跡だと驚いていたようだ。

しかしクライヴはその代償としてすべての記憶を失ってしまったらしい。

「彼とは……もう会えないの？」

「当然よ、会えるわけないでしょ。自分がそれだけのことをしでかしたんだから。彼は記憶を失って、ユイのこともなにもかも忘れてしまったんだし、ちょうどよかったと思って、あなたも忘れることにしなさい」

ちょうどよかったと思って忘れる……そう気持ちを整理できるだけの余裕はなかった。それ以前に身体が弱りきっていたので、そこまで考えることができなかったというのもある。

——クライヴが無事だったのなら……それでいい。ぼくは……そのために力を使ったんだから。

そう、それ以外のことはまだ何も考えられない。

起きあがれるようになったといっても、身体を起こすことができる程度で、まだしばらくベッドを離れることができないほど体力を消耗していたのだ。

それでも四カ月が過ぎたころ、歩けるようになってきたので、退院するように言われた。もうそれ以上は入院することはできなかったのだ。

ランバート夫人が今回のことで激怒していて、侯爵家と関わりのないところに行けと命令してきたからだ。ユイも体力がなくなり、今までのように「身代わりの癒し」の仕事をすることもできないため、立ちあがれるようになったその日、退院することにしたのだ。

「まだふらふらしているけど、車を用意するからがんばって。とりあえずダブリンの病院に移りましょう」

母が運転する車に乗せられ、病院をでたあと、それまで住んでいた別荘に荷物を取りに行くことにした。

「もうここに帰ってこられないの？」

「当然でしょ。残念だけど、こうなったらもう仕事はできないわ。あと一人、助けてしまったら、多分、ユイは死んでしまう。バカな子。私に逆らって、こんな厄介な家のお坊ちゃんと駆け落ちして、命を助けたりするから」

「……もうぼく……死ぬの？」

「さあね、どうかしら、わからないわ。でも長くは生きられないでしょうね。二十歳くらいまで持つことはないと思いなさい」

クライヴの命を助けた代償として、母はランバート侯爵から大金を受けとったらしく、しばらくはそれで暮らしていくことができるようだった。

「お願い……最後にあのお墓、見に行っていい？　断崖のところにある、ケルト十字のお墓。一箇所だけ白詰草の花が咲かない場所があって」

母が荷物をまとめてくるからと車を別荘の前に停めたとき、ユイは夢のことを思いだした。

「なに言ってるの、そんな弱っている身体で。ここでおとなしく待っていなさい。十分くらいしたらもどってくるから」

母が車をあとにすると、ユイはどうしても気になって墓標のあるところまで行くことにした。

まだ足元もおぼつかなかったけれど、どうしてもいかなければという気持ちに駆られていた。

もうすぐ初夏という過ごしやすい季節の上に、天気がよかったのもあって弱っていた身体でも歩くことができた。

「行かないと……ぼく……大事なことを約束した気がする」

はっきりと覚えてはいないけれど、意識を失っている間、ずっとあの墓標の前で誰かと話をしていた気がする。あれは誰だったのか。

——遠い遠い昔、きみの魂はここにいた。それがぼくなんだ。ぼくが始まりだったんだ。くり返される輪廻の恋の始まり。

——ここに眠っているのは、ぼくの愛したひと。何度、生まれ変わってもぼくは必ず彼を失ってしまう。

——この哀しみを止めて。この連鎖を断ち切って。二度と失わないように。ふたりが幸せになる方法をさがして。

脳の奥から聞こえてくる声。どういう意味なのかわからないけれど、そんな言葉が響いている。

意識がもどったとき、夢の内容を覚えていなかった。なにかとても大切なことを忘れてしまっている気がする。

思い出さなければ。そうしなければ、ここを離れてはいけない気がして。

「行かないと……」

墓標まで行こうと門の外にでたとき、目の前に黒塗りの大きな車がとまった。ユイの行く手を阻むように現れたその車から出てきたのはクライヴの母親——ランバート夫人だった。

「お母さんは?」

冷たい眼差しでユイを見たあと、彼女はくるりとあたりを見まわした。

「……あ……荷物を取りに屋敷に……十分くらいしたらもどってくるって」

「そう、ちょうどよかった。あなたに言っておきたいことがあったのよ」

「ぼくに?」

「ええ、二度とクライヴの前に姿を見せないでちょうだい」

その声の冷たさに背筋がゾッとしてユイは「はい」と返事ができなかった。他人からここまで露骨に憎悪をぶつけられたのは初めてだったせいもある。

「見た目だけは人形のように綺麗ね。でも所詮《しょせん》は、汚らわしい娼婦の息子、いえ、魔女の子、あなたがそばにいるとクライヴが不幸になるわ」

「不幸にってどうして」

その言葉には反応できた。憎しみをぶつけられるのは辛かったけれど、その理由は知りたかった。ユイにとってとても大切なことだからだ。

「ランバート侯爵家の長男はね、三代に一度、必ずといっていいほど処刑されたクライヴ王子の呪いを受けるの。長生きできない子が誕生するのよ。病気だったり事故だったり戦争だったり……せっかくクライヴという名をつけたのに……今回も事故で死にかけてしまったわ」

「でもそれとぼくとどう関係が……」

その話はクライヴからも聞いていた。内容が少し違っていたが、どちらが正しいのか聞きだすだけの余裕も気力もなかった。

「ドルイドの血を引いているでしょう」

侯爵夫人の話は、以前にクライヴが言っていたこととほぼ同じだった。

千年前、非業の死を遂げた王子とその恋人のドルイドの呪いのせいでランバート家は不幸に見舞われてしまう。

その不幸は、何代かごとに男の子が早死にするということだ。悪霊に連れて行かれないよう、クライヴと名をつけた男子は、ドルイドと関わりさえ持たなければ長生きできるようになったという。

「だったらどうしてぼくたち親子をここに住まわせたの。ここにいなければ、クライヴとぼくが会うこともなかったのに」

「そう簡単にはいかないのよ。その呪いを解くためにはドルイドの力が必要なの。理由は、当主の夫しか知らないんだけど、ドルイドの家系に男の子が生まれたときは、大人になる前に土に返さないと、この家を不幸にすると言われているの。まさにあなたがそうでしょう、ドルイドの家系に生まれた男の子」

大人になる前に土に返す……。

その言葉があまりにもおかしくてユイは思わずクスッと笑ってしまった。

そんな心配をしなくても、ユイは大人になるまで生きられないと言われているのだ。

ぼくは……生きられない。そこまで寿命がない。

だから苦笑いしたのだが、ランバート夫人は自分がバカにされたと思ったのか、ユイに激しい憤りをぶつけてきた。

「呪われているのよ、あなたは。あなたの血は闇に封印すべきなのよ。さっさと消えなさい、この世界から」

言われなくても消えます――と素直に答えるには、彼女の憎悪があまりにも強くてユイは金縛りにあったようになにも返せず硬直してしまった。

「何とか言いなさいよ！　この死神っ、クライヴを殺す気なの？」

怖い。死を願われるほどの強い憎しみがぐさぐさと胸に突き刺さって頭が真っ白になった。

「早く死になさいっ！」

肩をつかまれ、大きく身体を揺さぶられたかと思うと、きりきりと首を絞められた。弱い力なので殺されるほどではなかったけれど、とてつもなく怖かった。

けれど同時に、その愛の重さがうらやましくて胸が痛かった。彼女は息子をとても愛している。

だから自分を憎んでいる。

母親というのはここまで無条件に息子を愛するものなのか。

世のなかにはこんな愛情を持った親もいるのだと思うと、自分が母親から愛されていないのをはっきりと実感し、心臓が切り刻まれたように胸の奥が痛くなったのだ。

「……っ……ハハ……おかしい……あなた……おかしいよ」

だから思わず笑ってしまった。

おかしいのは「あなた」ではなく、「ぼく」だけど、なぜかそんなことを口にして笑っていた。瞳から涙を流しながら。

おかげで余計に夫人を怒らせ、「いい加減にしなさいっ！」と思い切りほおを叩かれ、地面に身体をうちつけるようにして転がってしまった。

けれどそれでも笑うことを止められず、泣きながら笑っていた。

そのときの空の青さが忘れられない。

なんて美しいのだろうと思った。初夏のアイルランドの空――beautiful days と国民が口をそろえて言う、今の季節だけの美しい空の色。

人の心も千年前の呪いも、人の心は霧がかかったように澄んではいないのに、空だけはとてつもなく綺麗だった。

†

あれから八年以上が過ぎた。

あのとき、クライヴの記憶を消したのは、多分ユイだ。

確かに、事故で彼は脳に大きな損傷を受けたには違いないけれど。

そう言われて、彼の馬に乗り、後ろから彼を抱きしめていたとき、その心の痛みがはっきりと伝わってきた。

『逃げよう』

クライヴはなにかに苦しんでいる。なにかに痛みを感じている。

それが母親からの重い愛だというのがわかった。愛されるのは嫌だ、重いと彼がよく口にしていた意味を理解したのだ。

それがどれほどのものなのかはわからなかった。

ただ気がつけば、彼の命を救おうとしたとき、その心の痛みも一緒に「身代わりの癒し」の力で掬《すく》いとってしまったような気がする。

『クライヴ、クライヴっ！』

必死だった。とにかく彼の命を助けようとした。

命だけは助けられた。

ただやり方が不完全だったため、彼の記憶を丸ごと消してしまったのだ。愛される重荷が彼の心全体に蜘蛛《くも》の巣のように張り巡らされていたことに気づかなかったから。

——あのとき、彼は記憶をなくしたけど、根本的な心の痛みからは解放されたのだろうか。

それが気になっていた。けれど確かめるすべはない。

そしてユイによって彼が記憶を失ったのなら、二度と彼の記憶がもどることはないだろう。

一方、ユイの生活も一変した。

母は自分の手では育てられないからと、ユイを手放すと決めたのだ。

『私もあなたも長生きできないんだから、お互い、相手に縛られないで好きに生きていきましょう。あなたはあなたで、私は私で。じゃあね』

そんなふうに言って、教会附属の施設にユイを置いていったのだ。

義務教育の年齢だったので、学校にも通ってみたけれど、身体が丈夫ではないのと、人との距離の取り方が分からなくていつのまにか通わなくなった。

そのうち施設内の保護教育で簡単な勉強をするようになり、教会の清掃の仕事を手伝うようになった。と同時に施設の他の子供たちのベッドやシーツの洗濯をするようになり、十五歳になるのを待って施設を出て、一人で働きながら生きていくことを選んだ。

クライヴのことを思いださない日はなかった。

たった一人の大好きなひと。哀しかったのは、あの事故のあと病院で目を覚ましたとき、自分の指からクライヴの指輪が消えていたことだ。

大切なクラダリング……。

海でなくしてしまったのか、意識を失ってしまっている間になくなったのかわからない。

——でもこれでよかったのかな。彼はぼくのことを忘れてしまったし。

自分も忘れて生きていかなければ。もう関わりをもっちゃいけない。彼が生きているだけで幸せなのだから。

ユイは寿命が短い。それゆえ、愛してくれる相手を不幸にしてしまう。だから誰とも関わらず、ただ愛する気持ちを貫くことにしよう。

そう自分に言い聞かせて過ごしていた。

静かに、誰とも関わらず、淡々と働く。

誰かの身体の内部をきれいにする「癒し」の仕事ではなく、シーツやタオルを綺麗にする仕事は肉体的にはキツくても、ただ黙々とこなせばいいので気持ち的に楽だった。

一人で生きて一人で死ぬ。それでいい。

すべてを忘れたクライヴが幸せに生きてくれれば。

それ以来、特に心臓が痛むこともなく、気がつけば、そこそこ平和に暮らしてた。自分としてはそれがけっこうすごいことのように感じていた。

ただ心臓が痛くなることがあるとしたら、あの声を思い出したときだけだ。

『この死神っ、クライヴを殺す気なの？』

そんなつもりはなかったけれど。

彼の母親からすればユイは死神のような存在かもしれない。

『早く死になさいっ！』

あのとき、彼の母親の『愛』に恐怖と感動を抱いた。

あんな情愛をぶつけられ、背負わされていたなんて、クライヴはとても重くて息苦しかっただろう。

そう思うと、自分はまだ楽なのかもしれない。

母からの愛情などなく、おかげで自由だ。

母が必要としていたのは、ユイが生まれ持っていた力だけ。

この力を使うのはいいことだと思っていたし、そうして必要とされることが親子の愛だと勘違いしていた。

でも違っていた。自分がしていることが「普通ではない」ということ、ありえないことだとクライヴから教えてもらうまで知らなかった。

知らないままのほうが幸せだっただろうか。

ただ人に命を与えるだけの存在として生きていたほうがと思ったとき、内容はちょっと違うけれど、似たような立場の人たちの映画を見た。

イギリスのノーベル賞作家の原作の映画だ。

『私を離さないで』

臓器移植のためだけに誕生させられたクローンの話だった。

ユイはクローンではないものの、人のために生きる「人」ということでは一緒かもしれない。人間としての感情は必要ない。そう、ただ仕事をするだけの人間でよかったのだ。

――それなら心なんてなかったらいいのに。

クライヴに会わなければ知らなかった。

あのままで何も知らず、それが不幸だとも幸せだとも知らずにいられた。

けれどアダムとイヴのように「智慧《ちえ》の実」を食べてしまった。

愛するひとによって教えられたのだ。

だから悩むのだ。それなら考えないようにしようと自分に暗示をかけた。

そして日々、そのことを忘れる努力を続けた。

あのなくなった指輪のように、なにもかもなかったこととして自分の記憶からも消してしまう努力をしよう。

そう言い聞かせながら淡々と生活をしていた。そして施設を出て一年がすぎたころ、ユイは大学病院の洗濯係の仕事の面接に合格した。

大きな病院でのその仕事はそれまでよりもずっと安定していて、一食分も無料で食べることができたのでとても嬉しかった。

そんなとき、母が亡くなった。

母は死への恐怖から薬物に走り、最終的に事故で命を失ったのだ。


最後に会ったのは、その前夜のことだった。

夜半過ぎ、突然、ユイのアパートにやってきたのだ。彼氏にふられ、借金まで残ってしまったと酔っぱらいながら泣いていた。

『私ほど不幸な人間はいないわ。どうして幸せになれないのかしら』

全身が重くて痛い……と言っていたので、ベッドに横たわってもらって、少しだけ肩や腰を揉んであげることにした。甘ったるい妙な香りがしたので、理由を訊いたら違法薬物の中毒になっていると答え、『ユイもやる？』とバッグから錠剤を出した。

『ダメだよ、違法薬物なんて』

ユイは錠剤をとりあげ、棚に置いた。

『もう寿命がないのよ。あなたも「発病」したらわかるわ。どうあがいてももうすぐ地獄にいくの。

せめて気を紛らわせないとやってられないわ』

そう言われると、絶対にダメだと言うのも残酷な気がしたが、なにも言えず、ただ黙々と彼女の背中や腰を揉《も》んであげた。

十六歳になっていたユイは身長がのびて大人になりつつあるせいか、以前はすごく大きく感じていた母が思ったよりも華奢《きゃしゃ》でずいぶん小柄なことに驚いた。

骨も細いし、首なんか折れそうだ。それに、こうしていると彼女の命がそう長くないこともはっきりと手のひらの向こうから伝わってきた。

同じ「身代わりの癒し」の力を持つ者同士は、互いに寿命をわけ与えることはできない。けれど、相手にどのくらいの寿命があるのかくらいはわかった。

『ああ、気持ちいい。ユイ、癒しの力を使っているわけじゃないでしょうね』

『使えないだろ、身内同士では』

『そうね。それに、もう使わないほうがいいわよ。多分、そんなに寿命が残ってないから』

『わかってる。それより、母さん、少しでも……元気でいてね。無理しないで。ぼく、いつでもマッサージするから、好きなときにここにきて』

自然に口からそんな言葉が出ていた。ユイをチラッと見たあと、母はバッグから古い目覚まし時計を出してポンとベッドサイドに置いた。

『じゃあさ、これ、買ってくれないかな。もうこれしかないのよ、売れるものって』

祖母の代からの目覚まし時計。電池の蓋がなく、そこにガムテープが貼られている。こんなもの、きっと二束三文にもならないだろう。

『……わかった、買うよ。でも……ぼく、そんなにお金がないんだ。貯金も少ないし……今、渡せる分だけでいいかな』

『いいわよ、助かる。あ、これ、ここに飾っておくからね。さあ、肩と背中と腰、あと二の腕も凝っているの。たのんだわよ、たくさんほぐしてね』

母は時計をユイの部屋の棚に置き、ベッドにうつ伏せになった。

その日の母はいつになくご機嫌でなごやかな様子だった。

子供のころに母がかけてくれていた言葉は、お金が欲しくて、ユイを思い通りにさせたかっただけの、偽物の優しさだったことには気づいていた。

でもこの日は違った。心の底から本心で接してくれている、そんな気がしてまろやかな空気を感じていた。

『やっぱりあなたを産んでよかったわ。……ついでに教えてあげる、あなたのお父さんね、初めはとっても喜んでいたのよ、子供ができたこと』

『え……』

驚きのあまり、思わず動きを止めてしまった。

『あっ、やめちゃダメ。背中かと腰のあたり、もっとほぐして』

『……ごめん』

ユイは動きを再開した。

『でもね、私が怖かったの。寿命が短い家系、子供もこれ以上は無理だって伝えたら、日本に行って、ちゃんと検査しようとも言われたの。一人しか無理なら、その分、愛情をそそごうと言われて』

『……っ』

クライヴが言ったとおりだと感動して瞳から涙を滴らせたユイに気づき、母は起きあがって大笑いし始めた。

『冗談よ、冗談。本気にしちゃって、バカね』

『ひど……感動したのに』

『あなたって、本当に昔から……素直で疑うことを知らなくて……天使のままね』

天使のままという意味がわからず、きょとんとしているユイの肩をポンと叩いたあと、手を差しだしてくる。ハッとしてユイは貯金箱を母に手わたした。

『ありがとう、すごく身体が軽くなったわ。それにお金も助かったわ……けっこう溜まっているじゃない、これだけあれば今月分の借金の利息が返せるわ』

『利息分しかないの？　あの、もしものすごく困ってるなら、ぼく、「身代わりの癒し」のお仕事するよ。あと少しくらいならできると思うんだ。ここに住んでくれたら家賃もいらないだろうし。お金がないなら一緒に』

心配して言ったユイを、母は切なそうな眼差しで見つめた。

『バカ、いいわよ、もう、そんなことやらなくても。今のこの自由さが好きなの。おばあちゃんにもあなたにも縛られてなくて気楽で。だいいち、小さなベッド一個のこの汚くて狭い部屋でどうやってふたりで暮らすのよ』

『ぼく、床でも平気だよ。だからここで』

『なに、やーね、気持ち悪いこと言わないで。こんな狭いとこで一緒になんてごめんだわ。それともあんた、ひとり暮らしがさみしいの？　十六にもなってママが恋しいの？』

くすっと呆れたように笑うと、母はからかうように言った。思い切りバカにされた気がして哀しくなった。

『別にさみしくはないよ。ただ……母さん、借金、あるんだよね？』

『相変わらずバカな子ね。それがあなたのいいところ。そう、巫子のしるしなのよね。内側に穢《けが》れがない。だから「身代わりの癒し」ができる。私も子ども時代はそうだったわ』

母がそんな話をするのは初めてなのですごく不思議だった。

『とっても綺麗な心をして、素直で、清らかで……おばあちゃんに利用されて搾取されてたの。でも……あなたの年には、とうに荒んだ心になっていたわよ。私の寿命を金に変えやがって、このやろーって、おばあちゃんを毎日のように罵ったわ。小遣いをあげたことなんて一度もない。十三歳のときに家出して、初めて男と寝て、お金をもらったわ』

ユイの貯金箱をバッグに入れたあと、母は『もうマッサージはいいわ』と言ってタバコを口に咥《くわ》え、火をつけた。

『歌手を始めたのもおばあちゃんへの反発のひとつ。もうそのころには死んじゃってたけどね。ステージで歌っていると、男がたくさん寄ってきて楽しかった。あなたのお父さんに出会うまでは……お金をくれる相手なら誰とでも寝たわ。純白を汚物にすること、自分を穢すことにしか喜びを感じられなくて。そんな私に、もっと自分を大切にしろと言ったのがあなたのお父さん。育ちのいい日本のお坊ちゃんだったわ』

母はタバコの煙を吐きながら、くるりと部屋を見まわした。ユイは空き缶を前に出した。

『あ、さっきの父さんの話だけど、子供ができたとき、喜んでくれたというのは本当よ。一瞬だったけどね……でも、やっぱり責任を背負うのが怖くなって、結局、逃げるようにして帰国したの。顔だけの男だったのよ』

タバコを空き缶に入れて消すと、母は帰る支度を始めた。

『そりゃそうよね、私、闇が深いから。今もそう。自分を貶《おとし》めることでしか満たされないの。それなのにあなたときたら……』

母はユイをぎゅっと抱きしめてきた。苦手なタバコのにおいが妙に優しく感じられ、母からふわっとしたぬくもりを感じて不思議な気がした。

『私が言うのも変だけど、ちょっとは自分のために生きなさいよ。なにか喜びをさがして生きる希望にしていくの。じゃあ、行くわ。またね』

笑顔で手を振って去っていった母の姿を、その日、ユイは半地下のアパートの窓から姿が見えなくなるまで見送った。

淡い霧のなかに少しずつ溶けていくように見え、もしかすると、もうこれが母に会うのも最後かもしれないという予感のようなものが胸に広がっていた。

追いかけようか。ここで最後を迎えたらどうか。せめて看取《みと》らせてほしいと言うべきか。

だがさっきの母の言葉が脳裏に響いた。

『今のこの自由さが好きなの。おばあちゃんにもあなたにも縛られてなくて気楽で』

誘っても無駄だろう。意思が固いひとだ。それでも、もし彼女がユイを必要とするときがきたらちゃんと受け入れられるよう準備をしておこう。

そう思った翌日、母が亡くなったという連絡が入った。

薬物を摂取してふらふらしているときの事故だったらしい。ユイが奪った以外にもまだ錠剤を持っていたようだ。

結局、ユイが渡した貯金箱の中身が彼女の埋葬代となった。

――ぼくもこんなふうになるのかな、「発病」したら恐怖を感じるように。

事故だったのか自殺だったのか――借金もそんなに多い金額ではなく、事故の保険かなにかでまかなえる程度だった。

警察は「発病」のことを知らないので事故と判断したけれど、ユイにはわかる。母は恐怖に耐えられなかったのだ。

自殺に近い事故……。

その絶望的な最後を目の当たりにすると、自分の未来を見ているようで、虚しい気持ちが大きすぎて涙が出ることはなかった。

祖母や大叔母が眠っている教会の墓地に母を埋葬してアパートにもどったユイは、母が置いていった目覚まし時計を手に取った。

「これが形見か……」

電池の蓋代わりのガムテープ。電池が止まっているのか、何の音もしない。

せめて電池を入れ替えてちゃんと動かそうと思いながら、ガムテープをはがした瞬間、ユイは驚きのあまり目をみはった。

と同時に涙腺が決壊をやぶったかのように涙があふれてきた。

「母さん……これ……」

電池の代わりにそこに詰めこまれていたのは、小さなクラダリングと小さく折り畳まれていた新聞の記事だった。

クライヴがユイにくれた指輪と、彼が今はアメリカのジュリアード音楽院にいて、指揮のコンクールで最年少優勝したという記事の部分だけを切り取った新聞だった。

「あ……」

あのとき、母さんは、自分の死を前にこれをぼくに……。

この指輪を売れば、借金くらい返せただろうに。

『ちょっとは自分のために生きなさいよ。なにか喜びをさがして生きる希望にしていくの』

母の最後の言葉が頭のなかに響く。

ああ、最後に息子に会いにきたのだ。

これを届け、それからサヨナラをするために。

思ったよりも小柄で華奢だった骨格。スーっと霧のなかに溶けていくように見えた母の後ろ姿。もうこれが最後かもしれないという予感がしたのに。

――ぼくは……ぼくは……あのとき……どうして。

どうして追いかけなかったのだろう。声をかけ、ここで看取るべきじゃないかと思ったのに、すぐに自分のなかで否定してしまった。

断られるのが怖かったのだ。さみしいの？　十六にもなってママが恋しいの？　気持ち悪いとバカにしたように嗤《わら》われて哀しかったから。

でも本当にさみしかったのは彼女のほうだったのだ。

多分、ずっと満たされない気持ちをかかえていた。自分を穢すことでしか喜びが得られないとも言っていた。

その言葉のことを思いだすと、胸が張り裂けそうになった。

ごめん、ごめん、ごめん、ごめん……気づかなくて。何もできなくて。

「……っ……ごめ……」

決していい母親ではなかった。ひどいひとだったと思う。クライヴの母親のような一途な愛をぶつけられたこともない。

それでもそれでも……。

最後に過ごした時間があまりにも優しかったから。

そのはかない時間がユイには哀しくて仕方ないほど愛しくて、霧のなかに溶けていった後ろ姿を思いだすと胸に痛みを感じて涙があふれてしまう。

ありがとう、指輪を届けてくれて。ありがとう、クライヴの記事――と、もう告げることができないという現実に、胸がひきさかれそうになって涙が止まらないのだ。

そしてこれが愛する相手を喪失する痛みなのだと初めて実感として知った。

自分のために生きる。なにか喜びをさがして――。

母の残した言葉は、その後のユイの福音となった。

クライヴからもらった指輪とクライヴの記事……それが心のなかで封印していた想いを再燃させてしまった。

どうしても彼を忘れることだけはできなかったのだ。

影ながらクライヴを応援しよう。

そう決意し、それを生きる支えにした。

アメリカの名門音楽学校在学中にクライヴは国際コンクールの指揮部門に優勝し、さらに卒業後、世界的な指揮者の登竜門とされるフランスの大きな国際コンクールでも優勝した。

その後、あちこちの劇場から誘いがあり、ゲストで指揮をつとめたあと、最終的には母国のダブリン市内の伝統的な劇場と契約を結んだ。

——うれしい、地元だなんて。

もちろんもう彼は昔の彼ではない。ユイのことは忘れている。

でも応援できることがうれしかった。

この国の初夏——美しい青空から降る光のように、自分の希望にしようと思った。ただ純粋にクライヴが好きだという気持ちに忠実であろう。

毎日、一生懸命働いて、給料が出たら、クライヴの定期公演の配信を見にティールームに行って、ソファに座って紅茶のティーポットとケーキを注文する。

スクリーン越しではあったけれど、彼が指揮をしている姿を見ているだけで胸がいっぱいになって涙ぐんでしまう。

あの事故でクライヴを失うかもしれないと絶望を感じたときの恐怖、もう二度と会わないでと言われたことへの哀しみ、彼が記憶を失ってしまったことへのさみしさ。

そんな感情が胸の底で泡のように芽生えてはじける。

けれどそれ以上に、クライヴと過ごした時間の楽しい思い出が次々となつかしくよみがえってきて、こうしていられる喜びがじんわりと全身にしみわたってきて気持ち良くなっていく。

病院での仕事がどんなに辛くても、半地下のひとりぼっちの部屋で過ごす夜がどれだけ寒くても、お金が足りなくて小さなパンしか食べられない日があったとしても、靴の先が破れて冷たい雨に足先が凍りつきそうになったとしても。

大好きなひとが創りだす世界に触れていられる奇跡のような幸せが、それ以外のマイナスの出来事すべてを綺麗さっぱり洗い流して、ユイを透明なすがすがしさで満たしてくれる。

クライヴの音楽は、表面的にはとても激しくて情熱的だ。強いエネルギーのようなものを感じる。

でもそれはあくまで最初だけだ。

じっと耳を傾けてその音楽のなかに入っていくと、うっそうとした森の奥にしか存在しないような、清らかな空気とシンとした静けさに包まれていることに気づく。

白詰草の花が埋めつくす雄大な草原、どこからともなく漂う甘い花の香り。歌のように聞こえる鳥の囀《さえず》りや風の音、波の音……。

ああ、彼の音楽は、ふたりで過ごしたあの場所で感じる自然の音と同じだ。すべてがおだやかでとても美しい。

あの場所の美しさと彼自身の魂の清らかさが溶けあって、聞いていると全身が浄化されていく。

――好きになってよかった。あんなに素敵なひとと一緒に過ごせてよかった。

大好きだという気持ちがユイの今の生きる支えになっていたけれど、それ以上に彼の音楽が自分の生活のすべてを潔めてくれ、心をいい場所へと導いてくれる――いわば救ってくれているのだと実感する。

そのたび、母に感謝する。この大切なクラダリングを持ってきてくれたこととクライヴの記事をくれたこと。

そしてお金のためとはいえ、なによりもあの仕事のパートナーにクライヴの父親を選んでくれたことに。そうでなければクライヴと出会わなかったのだから。

そんな気持ちで、ユイは給料日にライブ配信を聴きにいく。

人生のたったひとつの楽しみ。でもそれさえあれば、あとのどんなことも辛くない。そんな喜びに包まれる時間……。

この前は誕生日だから、ちょっと贅沢してアフタヌーンティーにしてみた。

ふだんは一番安いキャロットケーキか、ドライフルーツのケーキにする。でもレモンドリズルケーキだけはたのまない。それはクリスマスまでとっておこう。

クリスマス、彼が指揮をする交響曲第九番を聴きながら、レモンドリズルケーキを食べる。そして帰り道、教会のミサに参加して、みんなに混じって『歓喜の歌』を歌う。

クライヴの指揮を想像しながら。

そんな時間が過ごせたら、どれだけ幸せだろう。そして幸せを感じながら寿命をまっとうする。

それだけでいい。

そう思って生きてきたのだが――まさかクライヴと病院で出会ってしまうなんて。

しかもユイが働く病院に彼が入院することになるなんて――。


記憶を失ったクライヴ――彼とのこの再会は神さまからの贈り物だろうか。

それとも運命のいたずらだろうか。

退院した次の週からユイは仕事に復帰した。

自分が入院していた病院の、あの病棟の係になったのだ。

ガードナー医師からの申し出で、なにかあったとき、ユイの治療ができるようにと、自分の入院していた病棟での仕事になった。

――うれしい。この病院のどこかにクライヴもいる。

大きなカートを押し、各病室のシーツとタオルを交換していく仕事だ。前は淡々とこなすという感じで働いていたけれど、ここにクライヴがいるのだと思うと胸が弾んだ。

ただ復帰したその日に大寒波がヨーロッパを襲い、まだ秋なのにダブリンは大雪に見舞われてしまった。

霧のかかった街並み。石畳の上に雪が積もり、強い風が吹きぬけるたび、雪が舞いあがって渦を巻き、余計にまわりが見えなくなる。

「……っ」

病棟から出ると突風に襲われ、その場で倒れてしまいそうになった。

ここから門まで十数メートルの石畳が続くけれど、もう雪がこんもりと積もって凍結している。ほんの少しでも油断すると、凍った雪面に足をとられ、滑ってしまう。健康なときなら何てことはなかったのだけど。

手すりによりかかりながら肩や頭に積もった雪を払って駅への道を進もうとしたとき、後ろからクライヴの声が聞こえた。

「ユイ、ユイ、待ってくれ」

ふりむくと、病棟の自動ドアの向こうからクライヴが出てきた。パジャマにコートを羽織っただけの格好で。驚いてユイは足を止めた。

「どうしたの、そんな格好で」

「きみに会いたくて、待っていたんだ」

「え……」

「今週から仕事に復帰するって言っただろう？　看護師にきみの居場所を尋ねたんだけど、個人情報だからって教えてくれなくて」

「ありがとう、わざわざきてくれて。今度、お見舞いに行こうかと思っていたんだ」

会わないと約束した。けれど「身代わりの癒し」の力でクライヴの耳を治すためには会わないわけにはいかない。

「本当に？　じゃあ、連絡先、交換しよう。さあ、なかに」

クライヴと一緒に病棟にもどる。

「携帯電話の番号がこっち。ＳＮＳのアドレスはこれ。友達登録して」

「あ、うん」

仕事の業務連絡用にアプリを入れていたが、誰かとアドレスを交換するのは初めてだ。

「友達……誰もいないの？」

ユイのスマートフォンをのぞきこみ、クライヴは驚いたように問いかけてきた。

「あ、うん。友達も家族もいないよ」

「本当に誰も？　これまでも？」

「……昔、ひとりいたんだ。でも今は連絡がとれなくて」

ユイはクライヴから視線をずらした。あなたのことだ……とは言えないから。

「なあ、せっかくだし、食事……していかないか？　ご飯、つきあってくれ」

「でも今夜は雪が大変そうだし、早く帰らないと」

「帰り、タクシーを手配するから」

「いいの？」

「うん」

悪いなと思ったけれど、この凍った夜道はけっこうきついので甘えることにした。それにクライヴの耳を治すチャンス見つけないと。

「あ、こっちこっち、俺の病棟、こっちだから」

クライヴの病棟はＶＩＰだけが入れる特別病棟だった。同じ建物のなかではあったけれど、渡り廊下を通って奥の建物に行かなければ入れないのだ。しかもセキュリティがかなり厳しい。

「わあ、すごい」

なかに入ると、ユイは思わず声をあげた。

最上階のレストランは、夜景が一望できるホテルみたいにおしゃれな感じになっていた。

しんしんと夜空から降る雪。その雪が淡い霧のように街の明かりを淡くぼかして幻想的な光のイルミネーションを見ているようだった。

「さあ、こっちに」

「あ、うん」

上品な赤い絨毯《じゅうたん》が敷かれたふかふかとした床の感触が心地いい。ウォールナットの壁や同系色の上品なテーブルや椅子、壁にかかった絵画や彫刻、飾られた花を見ていると、どこかの邸宅にまぎれこんだようだ。

ヨーロッパには、こうした特別な場所のある病院は多い。他の一般の病棟とは区別され、普通なら職員であっても許可なくここに入りこむことはできない。

「さあ、そこに座って」

ステージでケルト音楽の生演奏があり、ゆったりと一つ一つのテーブルに距離が取られ、本当にここが病院なのかわからなくなってくる。

自分の擦り切れたダウンジャケット、伸びきったセーターとズボンがとても恥ずかしい。

「いやだ、どこの子供？　クライヴ・ランバートが連れているの」

「貧しそう。男娼じゃないでしょうね」

場違いな人間がいると言うような目で、何人かの病人たちに嫌そうな眼差しを向けられる。

「あの……ぼく、ここにきちゃだめだと」

「気にするな。あいつら、あとで俺が殴っておくから」

「それはダメだよ」

「本気にするな、冗談だ。俺はケンカは苦手なんだ。めちゃくちゃ弱い」

「あ、うん……すごく弱そう」

ユイがくすっと笑うと、クライヴが楽しそうに微笑した。

「うん、それでいい。笑っておけばいい。周りなんて気にするな。俺は入院患者なんだ。ここで友達や家族と自由に食事をする権利がある。きみは俺の友達だ。俺が友達と楽しく食事をしたくてここに誘った。だからきみはここで食事をする正当な権利がある。周りは気にしないでくれ」

「ありがとう」

こういうところは昔の彼と変わらない。記憶を失っても同じように優しい人柄をしている。そのことは彼の音楽にもあらわれているのだけど。

「飲み物はワインにする？」

「あ、ぼくは水で。クライヴは？」

「さすがに入院中はアルコール禁止だ」

「そのほうがいいね」

夜景が見える窓際の円形のテーブルに向かいあって座り、ミネラルウォーターで乾杯する。

夕飯はこの国の定番のジャガイモのパンケーキ、サラダとアイリッシュサーモン、生牡蠣《なまがき》、カリカリとした皮に包まれたほくほくのジャガイモのジャケットポテト、それから黒ビールで肉や野菜をとろとろに煮込んだギネスシチュー。

クライヴと食事ができることに胸が弾んだが、ただマナーがよくわからないのが悩みだ。

プライバシーを配慮してなのか、ひとつひとつのテーブルがとても離れているのでちょっとくらいマナーがなってなくても大丈夫かもしれないけれど、クライヴが変な友達を連れていると思われないようにしなければ。

それでなくても、ひとりだけ見るからに場違いなのだから。

——そうだ、フォークやナイフの使い方はクライヴの真似をしよう。

そう思ったが、杞憂《きゆう》だった。運ばれてきた料理を、何とクライヴが全部小さくナイフでカットしてくれたのだ。

「シェアしよう、いろんな種類を食べたほうが楽しいから」

「ありがとう」

バターミルクをたっぷり生地に染みこませたジャガイモのパンケーキは、普通はずっしりしているのだが、ここのはふわふわとろとろとしていてとても心地よい味だ。嚙み締めた瞬間、ふわっと生地がとろけてバターミルクの香りが口内に広がる。

ツヤツヤのサーモン、肉がほろっと溶けるギネスシチュー。普段は小食なのに、あまりにおいしくてパクパク食べてしまう。

「ここの料理、好き？」

「うん、すごくおいしいね。あたたかいシチューがこんなにおいしいなんて」

「食べたことない？」

「あ……ひとり暮らしだから、シチューみたいなものは作らないかな」

「じゃあ、いつもどんな食事をしているの？」

「それは……」

口ごもってしまった。この病院では、職員にブランチとしてアイリッシュブレックファーストのチケットが支給されるので、それ以外、まともに食べていなかった。

お金がないので、夜は軽くビスケットやチップスを食べる程度だった。

「いつも……ここの病院で食べているんだ、チケットが支給されるから」

「ディナーも出るの？」

「あ、ううん、朝だけ。でもアイリッシュブレックファーストのフルコースだからけっこうお腹いっぱいになって、大満足なんだ」

焼いたトマト、目玉焼きとスクランブルエッグ、肉汁がじゅわっと滲みでてくるソーセージ、かりかりのベーコンとハッシュドポテトとブラックプディング、マッシュルームソテーとひよこ豆の煮物、それからソーダブレッド数枚。これだけで仕事をしている間は空腹にならない。

「あ、じゃあさ、毎晩、食べに来ないか」

「でも……そんなの」

「ひとりじゃ味気ないんだ。俺が招待するんだから俺が払う」

返事を渋っていると、クライヴが祈るようにたのみこんできた。

「たのむ。何でも俺が払うから」

「……ごめん」

ユイはうつむいた。

「どうして謝るんだ」

「ぼくが……貧乏で。ぼくも自分の食事代くらい払いたいけど、ここの料理を払ったら三日で一カ月分の食費が消えてしまう」

「三日って……給料はいくら？」

クライヴが痛ましそうな顔をする。同情はされたくないけど、ユイは正直に答えた。

「八百ユーロ。家賃が三分の一、あとは食費と雑貨代で消えてしまう。今は光熱費もかかるから食費を削るしかないんだ」

「もっとコスパのいい仕事は？」

「学校出てないし、親もいないし……シングルでぼくを育てた母さんがいたけど死んじゃったし、雇ってくれるところがあるだけでも幸せだよ。それにここの職員ということで、入院費は無料なんだ。だから、それだけでもぼくは助かってる」

職員だからではなく、めずらしい病気だからだけど。職員であるから優遇されているのには違いないのでそういうことにしておいた。

「じゃあ、バイトってことでいいかな。毎晩、俺と食事をする。その代わり、食費は俺が出すというのは？」

どうしてそんなに優しいのだろう。前からそうだったけど、どうして。

「クライヴ……友達いないの？」

「……」

彼が眉をひそめる。どうしてそんなことを尋ねるのかといった感じで。

「だってぼくなんて誘わなくても、あなたならいっぱい友達がいそうだから」

するとクライヴはさみしそうに笑った。

「ダメなんだ、誰の前でもカッコつけてしまうから。リラックスできない」

「ぼくの前だと大丈夫なの？」

「最初に最低のところ……見られたし」

クライヴは肩をすくめて笑った。

飛び降りようとしていたところか。

「誰にもああいう弱いところは見せられないんだ。しっかりしないとダメな立場で。重荷ってほどじゃないけど……いや、重荷なのかな。背負うだけでいっぱいいっぱいなんだけど、そういうの、他人には見せられなくて」

以前からずっとクライヴはなにか重いものを背負っていた。それは記憶を失ったあとも変わらないということなのか。

「本当は自分のことが不安で気がどうにかなりそうなのに。足元がいつも不安定なんだ、うまくいえないけど……確たるものがなくて」

それは記憶を失ったからだろう。過去の自分がないのだから。

「でも、ユイといると、どうしてかわからないけど、そうした不安が消える。すごく楽になれて……

不思議なほど心も身体も軽くなるんだ。だから一番の友達になってほしい」

「ぼくで……いいの？」

上目遣いで見ると、クライヴは「ああ」とほほえみながらうなずいた。

「ユイしかいないだろ、俺の最悪を知ってるの」

「そうだね」

ユイはくすっと笑った。

「でもかっこいいところも知ってるよ、クライヴの……」

音楽大好きと言いかけ、やめた。もうすぐ耳が聞こえなくなるかもしれない相手に、音楽の話なんてできない。

「いいよ、ユイ、気を遣わなくても」

「え……」

「あ、いや、何でもない。まあ、とにかくディナーのときの話し相手になってくれ。ひとりでご飯を食べるのは好きじゃないんだ」

クライヴは変わっていない。そう思った。八年の歳月、それから失った記憶。そんなものは関係ないのだ。自分たちは惹かれあう運命なのかもしれない。

「じゃあ、お言葉に甘えようかな」

それにこうしているうちに、クライヴの耳を治す機会があるかもしれない。人に触れられるのが苦手だと言っているけど、そのチャンスが出てくるかも。

「なら、約束。仕事が終わったあと、ここで夕飯を食べる。こられないときや他に用事があるときはメールをしてくれ」

クライヴはそう言うと、ユイにこの病棟に入れるカードをくれた。


その夜、夢を見た。いつもの夢だ。

でも少し違っていて、霧のなかの風景が晴れていた。

そしてそこに自分とそっくりの男の子がいた。

さらりとした長い髪、ケルトの民族衣装を着て、枯れた白詰草の花冠をケルト十字の墓標にそっとかけている。

――これ……前に……見たことがある。

ずっと前……そう、海に落ちたあと、クライヴを助けるために「身代わりの癒し」の力を使って意識を失っていたとき、見ていた夢のような気がする。

目が覚めたときは忘れてしまっていたけど、既視感をおぼえたとたん、急に思い出した。

あのときは、自分と顔がそっくりだけど、ずいぶん年上に感じられた。でもこうして見ていると、今のユイにそっくりだ。

「やっぱりきみはぼくなの？」

問いかけると、彼がふりむき、哀しそうな顔でこちらを見つめる。

「そうだよ……でも違うんだ」

違う？　どうして――――なにが違うの？

「……！」

目が覚めるとそこまでしか覚えていなかった。

なにかとても大切な話をした気がするけど思い出せない。何だろう、なにか深い意味があるのだろうか、あの夢に……。

そう思いながらも、目を覚ますと忘れてしまっているのでどうしようもない。

あの日から、毎日のように、ユイは仕事が終わると、彼の病棟のレストランに行ってふたりで食事をし、タクシーで帰宅するという日々が続いた。

病院のリネン室がお休みの日曜日も、一回だけ彼に頼まれ、アパートと往復した。

クライヴのところでの食事があまりにもいいので、一日、他に食事をとることがなくなり、お金に少し余裕が出てきたため、ユイはそう高価ではないけれど、新品のセーターを買うことができた。

伸びていない、ほつれていない、生成りのアラン編みのセーターだ。それを着ていくと、クライヴは「かわいい」と笑顔を浮かべた。

「似合ってる。淡い色も毛糸の優しい雰囲気もユイらしい」

「よかった。ちょっと高かったけど贅沢しちゃった」

「贅沢？」

「うん、ここで食事しているからお金が浮いて、思い切って買ったんだ」

少しはいい服を着た自分を見て欲しい。髪の毛も石鹸《せっけん》じゃなくてシャンプーで洗うようになったから前よりさらさらしている気がする。靴も穴が空いていない。

「セーターくらい言ってくれたら、いくらでも」

「そこまではぼくのバイトじゃないから」

「なんでもプレゼントするのに」

「それはダメ。過度な贅沢を知ってしまうと、働けなくなってしまう。ぼく、貧乏で、お金に困っているくらいの暮らしが好きなんだ」

「どうして」

「幸せだから。お金じゃないところでとっても贅沢しているから」

ユイはにっこり微笑した。

そう、十分すぎるほど幸せだ。そんなユイの笑顔を見ながら、クライヴはテーブルにあったナイフを指揮棒のように動かして、クイっとステージのほうを指した。

時々、生バンドがケルト音楽やジャズを演奏するステージだ。今日は生演奏はなく、レストランにはクラシック音楽が流れていた。

「あそこでなにか歌える？」

「え……」

ユイはくるっと周りを見た。そんなに多くの客はいないけれど、数組いるし、ウエイターたちもいる。ここで歌うなんて。

「ユイって……ぶっきらぼうな話し方なのに、とても透明な声をしている。その声が奏でる歌……聴いてみたいんだ」

「……クライヴ……でも」

「ダニーボーイとかどう？　知ってるよね？」

「あ……うん」

アイランドの伝統的な民謡で、この国の人間で歌えないものはいないだろう。旋律に至っては、世界中で知らないひとのほうが少ないだろう。

最近、世界的にヒットしたケルティックウーマンの「ユー・レイズ・ミー・アップ」は「ダニーボーイ」の旋律をもとにしたものだ。

「俺が伴奏する」

クライヴはウエイターにレストランの中央に置かれたグランドピアノを使って、ユイと「ダニーボーイ」を演奏していいか尋ねた。

「どうぞ、ぜひ。ランバートさんの音楽が聴けるなんて光栄です」

ウエイターは嬉しそうにピアノの蓋を開け、ピアノをセッティングし始めた。

「じゃあ、歌ってみて、ユイ。指揮代わりに伴奏するから」

どうしよう、もう何年もまともに歌っていないのに。

けれど昔からの切実な夢でもあった。クライヴ・ランバートの指揮で歌うなんて永遠に手に入らない幻の夢のように思っていた。

――いい、どんなに下手でも。歌ってみたい。

そんな気持ちに後押しされ、クライヴの演奏するピアノに引き寄せられるようにユイは歌を歌っていた。

クライヴのピアノは、彼が創りだす音楽のようにとてもクリアな音をしている。子供のころは、ヴァイオリンに合わせていたけれど、ピアノでも変わらない。あのときと同じように心が透明になっていく。

クライヴの音楽に合わせて歌っているうちに、西アイルランドの美しい原風景がどこからともなく透けて見え、自分があの墓標のある場所にいる気がしてきた。

And I shall hear, though soft, your tread above me
And all my grave shall warmer, sweeter be
For you will bend and tell me that you love me
And I will sleep in peace until you come to me.

ダニーボーイという曲の、この最後のあたりの歌詞は、恋人がもどってくるまで墓で眠って待っているという意味だ。

だからなのかわからないけれど、いつも見る、あの夢のなかにいる感覚がしていた。

霧のかかった海辺の断崖に、ひっそりと他から離れて建っているケルト十字の墓標。そこに枯れた白詰草の花冠がかかっている。

少しずつ現実と幻の境界線が曖昧になり、現実のユイはクライヴのピアノに合わせて歌っているのに、うっすらと透けて見える幻の世界のユイは、あの墓標の前にいて、手を伸ばして花冠に触れようとしている。

手が届いたとたん、すっと花がひらき、葉にも茎にもみずみずしさが戻っていく。癒しの力を使ったときのように。

そのとき、気づいた。

この花冠は、かつてクライヴがユイにつくってくれたものだ。どうしてそれが墓にかかっているような幻を見るのだろう。

そこにかけているせいで、花が枯れてしまったのだろうか。

そこだけ白詰草の花が咲かない。

ここだけ四つ葉のクローバーが見つからない。

そこは呪われている場所だと、彼の家の年代記に書かれていた……とクライヴが話していた。

だからランバート家の男子は、三代ごとに呪いがかかって不幸に見舞われてしまう、と。それを避けるために、クライヴという名前をつけるのだとも聞いた。

この墓に眠っている呪われた王子――彼のことを愛していた、ここには愛するひとが眠っていると言ったのは……果たして誰だったのか。

夢のなかではっきりと聞いた気がするのに覚えていない。

でもうっすらと記憶の底に残っている。

霧がかかった風景を見ているように、ぼんやりと曖昧な輪郭だけはわかるのだ。

『きみは……そのひとを愛していたんだね。そこで眠っているひとを』

自分の声が頭の片隅でよみがえってくる。

――ぼくはきみだよ、ユイ。きみは千年後のぼくなんだ。

――遠い遠い昔、きみの魂はここにいた。それがぼくなんだ。ぼくが始まりだったんだ。くり返される輪廻の恋の始まり。

――そしてここに眠っているのは、ぼくの愛した人。何度、生まれ変わってもぼくは必ず彼を失ってしまう。

――ぼくが……巫子だから。この力のせいでぼくはいつも彼を失う。そして彼もぼくを失う。

――この哀しみを止めて。この連鎖を断ち切って。二度と失わないように。ふたりが幸せになる方法をさがして。

これは誰の声？　ぼくの声？　どうしてこんな声が聞こえてくるの？

今、クライヴのピアノで歌っているこの瞬間に、どうしてこんなにも、なつかしい気持ちが湧いてくるのか。

どうして夢のなかの声をはっきりと思い出してしまったのか。

今、この瞬間に――。

「……っ」

歌い終えると、いつのまにかレストランにいた客やウエイターたち全員がユイとクライヴのいる小さなステージを囲んでいた。

大喝采と拍手に、ユイはなにが何だかわからずにいた。

「すばらしい歌声、天使だわ」と泣いている婦人までいる。

現実にもどることができず、ユイは放心したような顔でその場に立っていた。

「ユイ、みんなが感動したって言ってる、やっぱりきみの声は特別だったんだ」

クライヴに話しかけられ、ユイはようやく我にかえった。

そうだ、ここはレストランで、今、自分がいるのは二十一世紀のダブリンだ。クライヴが演奏するピアノで歌っていた。

それなのに、もっと昔、中世のころにいたような錯覚を抱いていた。

ユイは不思議な気持ちで自分の手を見た。

白詰草の花の感触や香りが生々しく残っている気がする。けれどあれは幻影だ。それとも既視感というものだろうか。

奇妙な感覚に包まれたまま、拍手をしてくれているみんなに笑顔をむけ、ユイはクライヴともとのテーブルにもどった。

席につくと、運ばれてきたグラスに手を伸ばし、クライヴはふとなにか考えこむような様子で窓の外に視線をむけた。今日も雪が降っていて、街の光を幻想的に包んでいる。

そのはかない美しさと彼の横顔が重なりあってわけもなく怖い気がした。

「やっぱり……ただの夢じゃなかった」

ボソリと、クライヴはひとりごとのように呟いた。

——夢?

顔をあげると、むかいに席にいたクライヴはユイのほおまで手を伸ばしかけ、ハッとした様子でひっこめた。

「その声……その歌……よく夢で見るんだ。目覚めると、なつかしさで泣けてくる。ずっと前からユイを知っていた気がして」

「クライヴ……」

「ずっと不思議だった、俺は……どうして音楽だけ覚えていたんだろう」

ユイは視線を落とした。

どうして……なのか、それはユイにもわからない。

「ユイ……きみと知りあってから……同じ夢を見るようになったんだ。海辺のケルト十字の墓標……大西洋の海、遺跡……」

その言葉に、ユイは大きく目を見ひらいた。

クライヴも同じ夢を？

それとも過去の記憶の断片が出てきた？

「……俺の別荘の近く……というか、侯爵家の土地のなかにあるんだけど、そこの夢をよく見るようになって」

そこの夢……そうか、侯爵家の土地だとしたら、クライヴにとっては馴染みのある場所だ。だから夢で見たとしても不思議ではない。ユイとの過去を思い出しているわけではないのだ。

「そこ……ダブリンと反対側、西アイルランドにあるゴールウェイの近くにあるんだけど……あっちのほう……行ったことある？」

「……あ……うん」

「モハーの断崖も？」

「うん……世界遺産だし」

破滅の崖といわれている断崖……もちろん知っている。ふたりの思い出の場所だ。侯爵家の土地の近くにあるものすごい断崖だ。灯台のまわりにきれいな花がたくさん咲いていて、その丘でクライヴが花冠をつくってくれた。

「ユイ、残念だけど違うよ、世界遺産にはなってない」

「えっ、あ、そうだっけ。でもこの国の人間ならゴールウエイもモハーの断崖も誰でも知ってるよ」

「そうだな……誰でも知ってるよな」

「うん」

それ以上は言えない。でもクライヴの記憶の深層に、失われていないふたりの姿があるのかもしれないとわかって胸がどうしようもなくざわついた。

知りたい、少しでも覚えているのかどうか。あの楽しかった、幸せな時間を……。

「それで……他にどんな風景が出てくるの?」

「うん……呪い」

呪い――――――っ!

ユイは顔をこわばらせた。

「その墓……呪いの墓なんだ。千年以上前から呪われているって、我が家の年代記に書かれている。その呪いのせいで、俺は事故にあって記憶を失ったそうだ」

「え……」

驚いてユイは手にしていたグラスを落とした。そのまま床に落ちたグラスから残っていた炭酸水が絨毯の上に広がっていく。

「ごめ……驚いて」

ウエイターがやってきて、新しいグラスを用意してくれる。

「そりゃそうだ、この現代社会に呪いだなんて。ただ……うちは古い家で、いろんな迷信が伝わっていて……呪いもそのひとつなんだけど」

苦笑いして言うクライヴをユイは絶望的なまなざしで見つめた。

違う、違うよ、違うんだ。呪いじゃない。単なる事故だよ。ぼくを助けようとして、守ろうとして、そして事故にあっただけ。

「ごめん、怖がらせたかな。変な話はここまでにして、気を取り直して食事にしよう。歌を歌ったからお腹がすいただろう？」

「あ……うん」

「それに遅くなると、きみの仕事に支障をきたしてしまう。さあ、食べて食べて」

クライヴはなにか隠している。ふとそんな気がしたが、せっかく彼が明るく食事をしようと言っているのに、呪いについて話を蒸し返すのは場をしらけさせてしまうだろう。

今夜の食事は、紫キャベツとナッツのサラダ、牛ひき肉とジャガイモのパイ、それからローストサーモンだった。昨日のアイリッシュラザニアも、その前のアイリッシュシチューもおいしかったが、このローストサーモンはこれまで食べたどのサーモンよりも一番おいしかった。

「おいしい？」

「うん、もちろん」

周りがカリカリなのに、身がほろほろとしていて、噛み締めたとたん、新鮮なサーモンの香ばしいおいしさが口のなかで溶けていく。

「すご、おいしい」

「もっと食べろ」

マスタードと蜂蜜《はちみつ》をつけたサーモンのブロックをフォークにさし、むかいの席からクライヴがユイに食べさせようとする。

そのとき、ウエイターがやってきてクライヴに問いかける。

「本日のデザートはレモンドリズルケーキでよかったですか？」

ユイはハッと目を見ひらいた。記憶がないはずなのに。

「好きだろ？」

「どうして……知ってるの？」

「言ってなかった？　食べたいって」

言っていない。一度も口にしていない。ドクドクと鼓動が早打ちし始める。

「耳の奥に残っているんだ、次のクリスマスにレモンドリズルケーキを食べたいってきみが言っている声が。それともバタフライケーキだったっけ？」

「え……」

「お母さんの味じゃなくて……悪いけど」

「……っ」

今にも涙が出そうになるのを懸命にこらえながら顔をあげると、愛しそうにこちらを見つめているクライヴと目があった。

「夢でのことなのかもしれないけど」

「……」

夢じゃない。言おうか、ぼくだと。夢ではなく、それはあなたが失った記憶の底に刻まれている事実だと。

凍てつくように冷たい暗闇のなか、体温を分かちあうように抱きあっていた。

あのとき、言った。

次のクリスマスにレモンドリズルケーキが食べたいって。

クリスマスが終わったばかりだったから、一年近い先のことだったけど……。

「あ……あの……」

それは本当のことだよ、と言葉が出てきそうになったそのとき、彼の背後に立った女性の姿にユイは全身を凍らせた。

「どうしてあなたがここにいるの」

クライヴの母親だった。クライヴによく似た風貌だが、八年の間にかなり痩せたみたいで、針金のように細かった。

母親が来たことに気づき、クライヴがふりむく。

「どうしてって、母さん、彼と知りあい？」

「っ……知りあいって、クライヴ……この子は……例の」

「例の？」

「え……あ……」

ハッとした様子で、母親は首を左右に振った。

「あ……ああ、ごめんなさい、人違いだったみたい。知りあいに似ていて。……初めまして、クライヴの母です。クライヴ、お友達なの？」

引きつった笑みがとても怖い。ピエロが笑っているときのようだ。あの最後に会った日のことが一瞬にしてよみがえってくる。

天国まで届きそうな蒼穹《そうきゅう》、その下で彼女が泣きながらユイの首を絞めている光景。『早く死になさいっ！』という声が耳の奥で反響する。

「友人のユイ。ユイ、彼女は俺の母さんだ」

「は……初めまして。ユイといいます」

ユイは懸命に平静をよそおった。

「クライヴ、お友達なんてめずらしいわね。歳も離れているように思うけど、彼とはどこで知りあったの？」

「彼、ここの職員で、この前、助けてもらって。そのお礼に食事を」

「そう……ここの職員……どんなお仕事を」

クライヴの母親は眉をひそめた。

「あ、あの、洗濯物のとりかえを」

「ああ、そうなの」

「あの、それより、母さん、わざわざ病院に来なくてもいいと言ったじゃないか。俺のことは心配いって。母さんも具合悪いのに」

「ここの心療内科に転院することにしたの。あなたが入院しているなら同じ病院にいたほうがいいと思って。驚かそうと思って言わなかったんだけど」

「また……ひどくなったの？」

「ちょっとね」

青白い顔をしている。ユイを見つめる眼差しはとても冷たい。殺気のようなものを感じて骨の髄まで凍りつきそうだ。

そのとき、医師と看護師が現れ、あわてた様子で近づいてきた。

「ランバート夫人、こちらにいらしたのですか。早く病棟にもどってください。あなたは今日から入院するんですよ。急に姿が見えなくて、ずいぶんさがしましたよ」

「逃げだしたの？」

クライヴが問いかけると、夫人は「あなたに会いたくて」とつけ加えた。

「さあ、早くもどりましょう」

「でもあなたが心配で」

「大丈夫、ちゃんと毎晩連絡するから安静に。俺もすぐに病室にもどるから」

自分たちももう食事を終えるので、デザートは持ち帰れるようにしてください、サラダもサンドイッチにして……と、クライヴがウエイターに頼むと、夫人は納得したように医師に声をかけた。

「私もすぐにもどるわ。先にもどっていて」

「ですが」

「大丈夫よ。息子におやすみなさいの挨拶《あいさつ》をしたらすぐに行くから。ストーカーみたいなことはやめて。でないと寄付の話はなかったことにするわよ」

「……わかりました」

医師と看護師がちらちらとこちらの様子を確認しながら去っていくのを確認すると、夫人はクライブに声をかけた。

「ごめんなさいね、監視つきなんて最悪よね」

「心配しているんだよ。母さん、どうか少しはおとなしく」

「わかってるわ。あなたがここにいるんだから脱走せず、きちんとお利口に入院するわ」

「なら、いいけど」

「ありがとう、じゃあ、おやすみなさい、クライヴ。そちらの方もクライヴにつきあってないで、遅くなる前に早く帰りなさいよ」

夫人は息子のほおにキスしたあと、レストランをあとにした。

激昂《げっこう》されなかったのでホッとしたが、おそらくそれはクライヴが記憶を失っていて、当時のことをまったく覚えていないからだろう。

「さて、食事を再開しよう」

「えっ、帰るんじゃ」

「ああでも言わないと納得しないだろう。気に入らないことがあるとすぐキレるんだ。今もそんな感じだった。医師と看護師があのまま残っていたら大騒ぎになっていただろう」

そんなに大変なのか。でもそうなのだろう、ユイの首を絞めたときもそうだった。

「あ、でも、ケーキは持って帰ったらいい。俺の分もふたり分。明日は日曜だし、朝食用にサンドイッチとケーキがあったほうが」

そうか、休みだから、気を遣ってくれたんだ。

「ありがとう」

こういう優しいところがすごく好きだ。昔からそうだった、いつもいつも。

「さあ、ちゃんと食べていこう」

クライヴに言われ、ユイは「うん」とうなずいた。

「驚いた？」

「どうして」

「エキセントリックで。俺の母親」

「そんなことないよ、ぼくの母さんも変わってたし」

ユイが苦笑すると、クライヴもつられたように笑った。

「呪いかどうかわからないけど、昔、事故にあって、俺、記憶を失ってしまったんだ。それだけじゃなくて、そのとき、死にかけて、何日も危篤になったらしくて……そのショックで、それ以来、病んでしまったそうだ」

どう返事をしていいかわからなかった。

そうだったただろうか。その前から、母親が病んでいると話していなかっただろうか。昔のことなので勘違いかもしれないけど……確かそんなことを。

「父さんがどうしようもない人間でね。それを反面教師にして育った俺は、とても優秀な御曹司だったらしい。パブリックスクールの友人がそんなふうに言ってたよ」

「そうなんだ」

「母さんはそんな俺に過度の期待をかけていた。だが、どうも俺にはそれが苦痛だったようだ。これもパブリックスクールの友人が言ってたんだけど」

今も苦痛なのだろうか。昔の記憶がないのだから比べることは無理だろうけど。

「パブリックスクールって……イートン校？」

知っていたけど、知らん振りをして尋ねた。

「そう、イートン校。といっても、通っていた記憶はないし、事故のあと、復学したんだけどうまくいかなくて……ロンドンの音楽学校に編入することになったんだ。この友人というのは、エリオットという名前で、今はロンドンの交響楽団で第一ヴァイオリンとして活躍している音楽家なんだけど、彼とはイートン校での室内楽サークルで一緒だったみたいで」

互いにプロになりたいと思っていた。

だが、音楽一家出身の彼と違い、古いアイルランド貴族のクライヴは家督を継ぐしかなく、プロの道を反対されていた。

「エリオットとは偶然ロンドンの英国王立音楽院で再会して……。俺はまったくわからなかったんだけど、彼から昔の話を聞いて、いろいろ知ったんだ」

しかし昔の友達と再会したことで母親の精神が不安定になり、二度とクライヴに近づくなとエリオットを脅してしまった。それもあり、結局、クライヴはニューヨークのジュリアード音楽院に転校することになったらしい。

「それ以来、昔の友人とつきあうのはNGになった。相手に迷惑をかける。といっても、エリオットとはこっそり連絡をとりあってるけどね」

「どうしてダメなの？」

「記憶を失うまでのことには触れず、一から人生をやり直してほしいようだ。そうもいかないのに。それまでの十四年の俺の時間があるんだから」

「……」

「まだ中学生だったのに……俺には恋人がいたそうだ、エリオットの話では……母さんはそれもすごく嫌がっていたようだ……どこかで指輪を注文していたらしいんだ、恋人に渡すって。どこで買ったのか調べても出てこないんだけど」

ユイはハッとしてひざの上で、左手の小指にしていた指輪をそっと外してジーンズのポケットに入れた。これだ、この指輪のことだ。

「その恋人……おぼえてる？」

会っていないことは知っている。けれど知らんぷりをして問いかけた。

「いや、なにひとつ。エリオットの話では、ずいぶん若い少女だったらしい。子供同士のたわいもない恋だったのかどうかもわからないけど」

少女ということになっているのか。なら、自分だと気づかれる心配はないか。

「名前も顔も年も……なにひとつ思い出せない。今、どうしているのかもわからない。一度、恋人がいたのかと両親に尋ねたことがあるんだが……ふたりとも、口をそろえて同じことを言ったよ。ひどい相手だったから忘れろ……と。ふだんはケンカばかりしていたのに、こういうときだけ同じことを。金をもらったら消えたらしい。父がそのときの明細を見せてくれたよ」

ひどい、金目当てだなんて。そんなふうにされているんだ。

「まあ、あのひとたちの言うことだから、本当かどうかわからないけど……記憶をなくした男なんて忘れて……その金をもとに幸せになってくれていたらそれでいい」

忘れてないよ。ここにいるよ。でも大丈夫、幸せだよ。お金は母さんが使ったけど。

「さあ、食事の続きを。なにか飲み物、追加する？」

メニューに手を伸ばしかけたクライヴは、ユイの顔を見て驚いた様子で目をみはった。

「どうしてきみが泣くの？」

「え……」

ハッとしてユイは目元に手で触れた。知らないうちに涙が流れていたらしい。

「わからない……ただ……感情移入してしまって」

ユイはさっと手の甲で涙をぬぐった。けれどまだボロボロと流れてくる。クライヴにもらったハンカチがあったけれど、もったいないので紙ナプキンで目を押さえた。

そんなユイを見つめ、クライヴはまたフォークでサーモンのブロックをさして蜂蜜につけて差しだしてきた。

「……っ」

涙に潤んだ顔でサーモンをほおばったユイを見つめ、クライヴは微笑した。

「変だな、可愛くて愛しいって思ってしまう」

「え……」

「……きみ……じゃないよね？」

ユイは大きく目を見ひらいた。

「まさかね。だったら教えてくれるよね、つきあってたって」

苦笑いするクライヴに、ひきつった笑顔でうなずく。

「あ……う……うん、もちろんだよ」

びっくりして心臓が止まるかと思った。

「俺のこと……嫌いじゃないよね？　コンサート、楽しみにしてたって言ってたし」

うつむき、料理を口にしながら、小さくうなずく。

「じゃあ、好意は持ってくれてるってわけだ」

返事をせず、うなずきながらもくもくとほおばっていく。

「俺もそう。……事故の前はわからないけど、記憶を失ってから人に惹かれたことなんて一度もなかったのに……きみに惹かれる。初めて会ったときも、いいなと思ったけど、会えば会うほど、話せば話すほど好きになっていく」

ユイはどうしていいかわからず、戸惑いがちにクライヴを見た。

「男同士はダメ？」

「……それはない……」

と首を左右に振って、しまった、と後悔した。ダメだと言えばよかった。

「結婚を考えてるって言ったら？」

驚いてユイは目をみはった。

「こんなこと言われたら困る？」

「それは……」

困る。別の意味で困ってしまう。

そんなことを言われるとうれしくて号泣したくなる。もうあと少ししか生きられない自分に神様が幸せをくれたんじゃないかと思うほどうれしい。

もう会わないって約束したのに。絶対絶対、会わないって。でも彼を大好きだという気持ちは変わらないから。

「好きだって言ったら、もうここに来たくなくなる？」

「そんなこと……突然言われても」

「ごめん、わかってる、突然すぎるって。でもきみと出会ったら毎晩同じ夢を見て……よくわからないんだけど、寝ても覚めてもきみのことばかり考えてるんだ」

「え……」

夢————やはり。鼓動がドクドクと胸壁を大きく打つ。

「何度生まれ変わっても愛してしまう……ケルト風の民族衣装を着たきみにそう言って白詰草の花冠を渡している夢。きみの髪が少し長くて、俺もそんな感じで……朝、起きるとものすごく胸が切ないんだ」

ああ、どう反応していいのかわからない。もしかしてもしかして……という思いに手が震え、ユイは息を殺した。

「あれは生まれ変わる前の俺かもしれない。ケルト民族の間では生まれ変わりが信じられているけど……生まれる変わる前の俺がきみに言ってるんだ、遠い未来の果てで、もし会えるなら、俺はいつだってきみを好きになる……そんなことを」

「――――っ」

ああ、やっぱり。同じ夢を見ている。ユイは強く唇を噛み締めた。

「おかしなことを言ってるかもしれないけど……ユイといると、なつかしさと愛しさと優しさがあふれてくる」

それはぼくも……とは言えないけど、心で返事をした。

「これまでは音楽だけがすべてで他のことはどうでもよかった。その音楽を失う未来に絶望を感じていた。生きている意味がないと思っていたのに、今は違う。耳が聞こえなくなっても、なにか自分にできることはないか、そうなってもきみがそばにいてくれたら、よりそってくれたら……それだけでいいって」

その言葉に、ユイは両目から大粒の涙を流した。ボロボロと。

「ごめん、いきなり言うことじゃなかったね。いつキレるかわからない母親もいるし、もうすぐ指揮の仕事もできなくなるのに。きみは俺が描きだす音楽のファンで、指揮者としての俺が好きだって言ってたよね」

手術のあと、耳が聞こえなくなって指揮ができなくなるのに。

こんなことを言われても困らせるだけなのに……とひとりごとのように呟く彼の言葉が胸をきりきりと締めつける。

そうじゃない、そうじゃない、その反対なんだ。ぼくはあなたが好きで、だからあなたの音楽も好きなんだよ。なによりあなたの耳を治したいんだ。もうあと半年も生きられないから。生涯、よりそうことなんて無理だから。そう、無理だよ。

「……無理だよ」

その言葉だけがユイの喉から出ていた。

クライヴが意味を勘違いしたのは疑うまでもない。一瞬、傷ついたような目をしたものの、すぐに笑顔をむけ、ちょうどウエイターが持ってきたバスケットをユイに差しだした。

「タクシー、呼ぶよ。明日は休日だし、ゆっくりして」


このバスケット、ものすごく重い。

帰り道、タクシーに乗ったあと、バスケットの蓋を開けてちらっとなかを見ると、レモンドリズルケーキだけでなく、翌日一日分くらいの食事が入っていた。

サンドイッチ、ポテトサラダ、チキン、サーモン、トマト……。

休みの日だから家でゆっくりしてという意味なのだろう。

——クライヴ……本当にいつもいつもあなたは優しいね。

涙が流れてくる。

同じ夢を見ているのは……記憶を失う前の光景が彼の脳のなかに残っているからだろうか。

あの墓標の前で過ごした時間があまりにも幸せだったから。

記憶を失う＝生まれ変わる前……みたいな暗示なのだろうか。

「あ、ここでいいです」

アパートの前でタクシーを停め、半地下になった部屋へと下りていく。

カタンカタンカタン……外の市電の音をぼんやりと聞きながら、部屋に入って電気をつけると、目覚まし時計が床に落ちていた。電池もこぼれて転がっている。

「……っ」

変だ、こんなところに落ちているなんて。置いてある場所からかなり距離がある。しかも壁に叩きつけたように、一部分が壊れている。

誰かが入ったのだろうか。建物の管理人？　家賃は滞納していないし、工事の連絡も入っていなかったけど。

と思ったそのときだった。

「……っ」

腹部に強い痛みを感じた。ふりむくとクライヴの母親——ランバート侯爵夫人がそこに立っていた。洗面所の扉の影に隠れていたようだ。

「……どうして……ここに」

刺されたらしい。横腹が痛い。それでも衣服の上からだし、女性の力なのでそんなに深くないように感じた。

「二度と顔を出さないって約束じゃなかったの？　もう一度、現れたら殺すって言ったわよね」

「偶然なんです、そんなつもりはなかったんです」

「そんなこと誰が信じると思うの」

バンっと、夫人はユイの肩を突き飛ばし、ナイフを床に捨てると、ユイのバスケットを奪って、そのまま中身をぶちまけた。

「あ……っ！」

床に散乱するサンドイッチやケーキにユイが手を伸ばそうとすると、彼女は忌々しそうにその手を払った。

「やっぱりこのケーキ、こんなもの……こんなもの。記憶を失う前も、何度も料理長に作らせていたけど……今日もおまえが頼んだのね、欲しいって」

夫人はレモンドリズルケーキを拾って握りつぶすと、突き刺すような眼差しでユイを見た。氷のように冷たい。でも不安定に揺れ、なにか助けを求めているような気がした。

「そうです、ぼくがたのんだんです。好きなので、そのケーキ」

クライヴがたのんでくれた……と伝えると彼女の心の状態を悪化させてしまうだろう。

「いやな子ね。そんなにクライヴが好きなの？　偶然会ったなんて嘘よね？」

「はい、すみません」

逆らってはいけない、そう思った。

「そう、正直に話せばそれでいいのよ、ただし、あなたには罰を与えないとね」

彼女は冷ややかに微笑した。

「もう二度と顔を出さないって言うなら、これで許してあげる」

どう答えていいかわからず、唇をただ震わせているだけのユイに、夫人はくるりと背をむけ、そのまま部屋を出ていった。

一瞬の出来事だった。一分にも満たないほどの。

どうやってここがわかったのか。どうやってこの部屋に入ったのか。あのまま病院を抜けだしてしまったのか。

クライヴが用意してくれたケーキ……食べることができなかった。あとのサンドイッチや他のものはまだ何とか食べられるだろう。

片手で腹部を押さえながらひとつひとつ拾っていく。

痛みはひどかったけれど、クライヴからもらったものを台無しにしたくないという気持ちが勝っていた。

それでもさすがに耐えきれず、傷口を確かめようと上着を脱ぎかけたそのとき、窓のむこうでふらふらと歩いている夫人の姿が見えた。

「あ……」

こんな夜、雪のなか、どこに行くのだろう。あきらかに正常じゃない。足元もふらついている。ユイは腹部の痛みを忘れ、とっさに彼女のあとを追った。

「待って……」

すると彼女がアパートの前で倒れていた。

「しっかりしてください、今、救急車を呼びますね」

救急車を呼んだあと、冷えないようにユイは自分のコートとマフラーで彼女を包んだ。そのとき、ふと肩に触れると、彼女の内側の状態が伝わってきた。

誰か助けて。私を満たして。そんな声がダイレクトに伝わってくる。

息子へのどうしようもない執着は、彼女のこれまでの人生の自己肯定感の低さからきているのが一瞬で見えたのだ。

貴族の娘として生まれ、プライドだけは高く育てられたけれど、両親の愛情は受けていない。

ケルト音楽が大好きで歌手になりたかったのに、歌手なんてとんでもないと親から反対され、無理やり貴族の男性と結婚させられた。

それでも夫を愛そうとしたのに、夫からは愛されなかった。そんななか、息子だけが優しくしてくれた。だから彼を誰かに奪われるのが怖い。一番怖かったのは、夫の愛人の子供に誘惑され、息子が事故で死にそうになったときだ。

よりによって、自分が一番なりたかったケルト音楽の歌手の仕事をしていたのに、いいかげんな気持ちでやめ、娼婦になったという美貌の女性。

そんな女の子供に私の大事な息子を殺されかかった。

あの恐怖は忘れられない。息子が死んだら自分も死ぬつもりだった。でも息子は助かった。

これからは何としても私が守らなければ。二度と奪われないために。

そうした声が次々と聞こえてきて胸が潰れそうなほど痛くなった。

——ああ……そうか、このひとにはこのひとなりの理由が……。

ユイの母親もそうだった。

いろんなものをかかえていた。ひどい母親だったと思うけど、クラダリングを売らずに、ユイのところに持ってきてくれた。

最後の最後にようやく知った、母親なりの想いに「ありがとう」と伝えることができなかった後悔と喪失の哀しみを思いだした。

このひともそうなのだろう。愛する者を失うかもしれないと思ったときのどうしようもない恐怖を、ユイへの憎悪とクライヴへの異様な執着でガードしているのかもしれない。

そしてそれはクライヴにとって切ない重荷となっている。記憶を失う前もそうだったけれど、今、さらに。彼はとても優しいから、見捨てることができずに母親を気遣っている。

——どうか少しでもクライヴを楽にしてあげてください。あなたの心にある傷がほんのわずかでも癒されますように。あなたが解放されることがクライヴの解放だと気づいたから。

ユイは祈るような気持ちで夫人の肩に手をあてた。

本当はこの命の残りをすべてクライヴに捧《ささ》げるつもりでいた。彼の耳を治すために。けれど、耳を治したところで母親がこの状態では、彼は幸せになれない。

だから少しだけ。ほんのわずか、このひとの心がおだやかになるために「身代わり癒し」の力を使うことにした。大丈夫、まだ大丈夫、まだぼくは死なない。そう、ほんのちょっとだけ。彼の平穏のために。

「……っ」

ふっと彼女の心がおだやかになり、軽くなるのを感じたそのとき、ちょうど救急車がやってきた。

ユイは救急隊員にあの病院に連れていくように頼んだ。

「お知り合いですか？」

「あ、いえ、通りすがりです。彼女が病院名を口にしていたので」

「わかりました。身分証があるので確認してから連れていきますね」

やってきた救急隊員に彼女をまかせると、ユイは自分の部屋にもどった。

ナイフで刺されたことも彼女が自分の部屋にいたことも伝えなかった。力を使ったので少しふらふらとしていたが、その前にユイは服を脱いで腹部の傷をたしかめた。

「く……」

思っていたよりも深い。厚着していたので気づかなかったけれど、けっこう流血していた。おかげで貧血気味になっている。

それでも気持ちが軽くなったせいか、なぜか心地よかった。

多分、これまでよりは、彼女のなかの息子への執着が少しだけやわらぐはず。クライヴの重荷が軽くなるはず。愛される重荷から救われる。

そう思うと幸せで、その日はいつもの夢を見ることなかった。

ただ美しい青空の下、白詰草の花がみずみずしく咲いている風景が見えただけ。

奇跡のように晴れわたった空と水平線まで見通せる海。

そこから吹いてくる透明な空気が全身を満たし、やわらかな幸福感が身体のすみずみまで沁みわたっていくのを感じていた。

もう大丈夫、クライヴの母親の病気は軽くなっているはず。クライヴは愛される重荷から解放されるはず――そう思って週明け仕事に行ったが、その場でユイはクビを言い渡されてしまった。

もう働きに来なくていい、と。

「理由はわかるね？」

事務長に念押しされ、ユイはうなずいた。

「え、ええ」

クライヴの母親だ。ユイのアパートに来る前に、病院にそのようにたのんだらしい。ユイが「身代わりの癒し」の力を使う前のことなので仕方ない。

「その代わり十万ユーロ、口座にふりこんだ。病院には出入り禁止、身分証も返却するように」

そうなったら二度と病院の敷地に入れない。どうしよう、クライヴの耳を治すことができない。手術は年明けなのに。彼女の母親の精神状態がどうなったのかもわからない。

「治療の件だが、別の病院にも紹介状を書いたから」

簡単に荷物を整理したあと、ユイは病院に背をむけて銀行にむかった。もうクライヴに会えないことは哀しかったが、刺されたところの傷がまだ痛むので、肉体的にハードな仕事をしなくて済むのはありがたかった。

もちろん傷が完治をするのを待っていられないのだけど。何としも年明けまでにクライヴに会わないと彼の耳を治すことが不可能になってしまう。

何とかしなければという気持ちのまま、銀行でお金を引き出す。

――すごい、こんなお金、初めて見る。

振りこまれていた多額の金でユイはロンドン行きの飛行機の切符を買った。

自分にもあまり時間がない気がするし、急がなければ……という気持ちがいつになくユイを駆り立てていた。

ふだんはここまで行動的ではないのだけど、ロンドンの交響楽団のホームページを見て、そこにいるエリオットというヴァオリニストと会う約束をしたのだ。

SNSに彼が個人アカウントを作っていたので、すぐに連絡が取れた。


――アイルランドから一時間ちょっとか。思ったよりも近くてびっくりした。

飛行機は定刻通りにイギリスに着いた。

生まれて初めての海外旅行なので戸惑うことも多かったが、どうしてもやりたいことがあるので、傷の痛みやそこに向かうまでの困難なあれこれは大した問題ではないように思えた。

いつもの癖で安宿をとったせいか、むかった場所は治安の悪いロンドンの下町だった。

薄汚れた窓のむこうに、安っぽいネオンが灯《とも》った建物しか見えない。

霧に覆われた街だ。

ここもダブリンと同じ霧の街なのかと思った。

この冷たい霧が皮膚に触れると、どうしようもない不安と孤独に襲われる。

携帯電話も病院の事務所に返したので、クライヴと連絡の取りようがない。一応、振り込まれていた金で新しい携帯電話を買ったのだが。

楽団に訪ねていくと、エリオットがヴァイオリンケースを肩にかかえて現れる。さらっとした黒髪、黒い瞳の、ラテン系の入った綺麗な顔立ちの男性だった。

「ちょっとカフェで待ってて。あとで行くから」

劇場裏の指定されたカフェは、クライヴのライブ配信を観に通っていたティールームに似ている。ふと思い出して、同じキャロットケーキと紅茶を頼んだ。

「ごめんね、待たせて」

上質のコート、いい香りがする。

「クライヴとは連絡が取れないんだ。どうも彼の携帯電話が管理されているみたいで」

「そうなんだ……」

ではもう会えないのか。

「どうしてもクライヴと会いたいんだけど……」

「わかった、なんとか連絡を取れるようにしてみるよ」

あまりにあっさりとひきうけてくれて拍子抜けした。

「いいの？　ぼくが誰かも確認しないで」

「いいよ、多分、きみがあれなんだね。クライヴが記憶を失う前に言ってた恋人って」

「どうして……それを」

「その指輪、見覚えがある」

クライヴがユイの左手に視線を向けた。

「それに彼から聞いていたそのままだからすぐにわかったよ、名前も知ってる。彼の母親から、治療の妨げになるからって、きみの話をするなって言われたからだまっていたけど」

驚いてユイは目を見ひらいた。

「黒っぽい茶色の髪、くりくりとした大きな目、折れそうなほど細くて、でも笑うととても可愛いし、ぶっきらぼうな話し方がとても愛らしいユイという名前の恋人。結婚するつもりだと言ってたので、少女だと思ってたけど少年だったんだ。まあ、どっちでも結婚できるけど」

クライヴ……そんなふうに話していたんだ。

「初めて人を愛したって言ってた」

「————っ」

苦しくなってきた。いつもの心臓の痛みではなく、別の意味で。

「生意気だよね、まだ十四歳だったのに、人を愛しただの結婚したいだの。でもうらやましかったな、そんなに好きな相手がいるなんて」

知らなかった。当時、クライヴは友達は少ないと言っていたが、こんなにも心を許せる友人がいたことに驚いていた。

「彼の事故のあと、どうなったか、心配していたんだ。その恋人はどうしたのだろうと思っていた。クライヴの家から、過去のことには一切触れないで欲しいとたのまれたけど……」

エリオットの言葉に瞳に涙がにじんでくる。

「ありがとう」

クライヴは昔からとても優しいひとだった。両親の不仲、精神的に不安定な母親をかかえていたせいか、周りにものすごく気遣うところがあった。そんな彼が大好きな反面、切なかった。どうしてそこまで気遣うのか。

ユイの「身代わりの癒し」の力のことも本気で心配してくれた。他のひとは利用することしか考えていなかったのに。でもそうしたクライヴだからこそ、友人もこんなに思いやりにあふれた素敵なひとなのだと実感した。

「それで、クライヴ、きみのこと思いだしたの？」

ユイは首を左右に振った。

「事情があるんだね」

「はい、記憶を失う前のことは秘密なんで。ふたりで駆け落ちして……彼が事故に遭って大変なことになったから、もう二度と近づくなと言われて……それで会わないつもりでいたんだけど」

ユイはあのときの話をした。

楽団をやめた彼がユイの働く病院に入院し、偶然再会して、それからまた親しくなって。

「またプロポーズを」

「過去を知らないまま？」

うんとユイがうなずくと、エリオットがうれしそうに目を輝かせた。

「すごいな、運命なんだ」

「運命？」

「うん、なんか、あのときもそんなこと言ってたけど、クライヴが。恋人とは生まれる前……前世からの知りあいだって」

「え……」

予想外もしなかった言葉にユイは目を大きく見ひらいた。

「あの現実的なやつがいきなりそんな変なことを口にしたのではっきりと記憶していたんだ。前世から、クラダリングで結ばれた相手だって」

まさかあの夢の？　心臓が高鳴る。もしかしてもしかして。

「そうだった。ケルト時代の囚われの王子がクライヴで、ドルイドの巫子が恋人のユイで、二人は生まれ変わりだって。クライヴの別荘の近くに墓標があって、呪いがとけてふたりが幸せになったらそこに四つ葉のクローバーと白詰草の花が咲くみたいなことを言ってたよ」

「そんなことを……」

あの場所だ。生まれ変わりがどうのという夢は見たことがあるけど、そこまで具体的な夢を見たことはない。

でもクライヴは見ていたのか。彼の失われた記憶のなかでその夢を。

「あの……他には」

「それ以上は知らないんだ。つい、からかっちゃったからさ、ロマンティックなやつって。そうしたら、いずれユイと結婚したら、これをオペラにして作曲して、自分で指揮して、きみに歌わせるなんて言ってた」

「え……そんなことを。クライヴ、ぼくには全然そんなこと言ってなかったのに」

でも歌は教えてくれた。この前も歌わせてくれた。

「とっても綺麗な声をしているって……実際、そうだね、音楽やっているからわかるけど、きみの声、天使の声だね。五つ下だって言ってたから、今、十八だよね。それなのに、少年の声のままで、透明感があって素敵だ。奇跡の声だよ」

「ありがとう」

胸がいっぱいになって涙が出てくる。彼の当時の想いへの喜びと今はもうそれを知ることができない哀しみとが渾然一体《こんぜんいったい》となって胸を締めつける。

「生まれる前からの運命の相手だって言ってたけど、記憶を失ったあともまた再会するなんて、本当に運命なんだね」

そうなのだろうか。でもそうなのかもしれない。ユイもまた同じような夢を見ている。お互いに内容まで話していないはずなのに、よく似た夢を。

「クライヴは……記憶を失ったあと、ずっと『運命』の意味を探していたって、どこかのインタビューで答えていたよ。失った記憶を探るように。だから指揮をするとき、彼は自分で演目を選択できる場合は、いつも『運命』を意味する音楽を選んでいたそうだ」

チャイコフスキーの交響曲第五番、ショスタコーヴィチの『革命』、マーラーの交響曲第五番、モーツァルトの交響曲四十番……。

「でもどうしてベートーヴェンは九番なの？」

運命を意味するなら有名な交響曲五番があるはず。

「彼にとっては、『歓喜の歌』がそれに当たるんだろう。魂から湧き出る喜び、愛が感じられると言っていた」

それを奏でることができたら、きっと本当に結ばれると彼が言っていたらしい。

「ありがとう……教えてくれて」

ユイは涙ぐみながら言った。

「本人から聞いたほうがいいだろうけど……よかったよ、伝えられて。で、彼の演奏じゃなくて申しわけないけど、これをクライヴに送るから」

エリオットは楽団の定期演奏会のチケットを出した。

「来週のクリスマスイヴにあるんだ。クライイヴを招待する。きみは隣の席に座ってもらおう。個室だからゆっくりふたりだけで」

クリスマスイヴ――――！　それなら間に合う。彼の手術は年明けだ。チケットを手に、ユイは驚いた顔でエリオットを見つめた。

「いいの？」

ああ、とうなずくエリオットの顔が涙でぼやけてくる。

神様、ありがとう。こんなことって、こんな奇跡のようなことが起きるなんて。

彼に会える。しかも第九の演奏会で。

そのとき、最後の祈りを捧げなければと思った。

この命にかけても、彼の聴覚をとりもどすための「身代わりの癒し」の祈りを――。

4　クライヴの気持ち

ユイがクライヴの前から消えてしまった。

月曜の夜、いつものように夕飯にきてくれるかと思ったが、連絡もなくなってしまった。メッセージを送っても戻ってきてしまう。

それから一週間がすぎた。

結婚したいなどと言ったので引かれてしまったのだろうか。

あれから母もクライヴのところに顔を出していない。

新型の肺炎になったので、しばらく病棟から出られなくなったというメールだけはきているが、まさかとんでもないことをしたのではないだろうか。

そんな不安な気持ちをかかえ、病院のロビーでずっと立っていると、看護師のカリンが声をかけてきた。

「クライヴ、こんなところでなにをしているの」

「ユイに会おうと思って」

「ユイなら転院したわよ。仕事もやめて」

「え……いつ」

「先週の月曜よ」

転院？　月曜といえば、クライヴがプロポーズした二日後だ。

「どこの病院に？　具合が？」

「ごめんなさい、個人情報だから。本人から聞いていないのなら言えないわ」

悪いわねと言いながら去っていく看護師の後ろ姿をクライヴは呆然と見つめた。クライヴはとっさにユイに電話をかけてみた。

けれどつながらない。使用されていないというメッセージが流れている。ということは電話番号を変えてしまったのか。

──やっぱり迷惑だったのだ、いきなりあんなことを言ってしまったから。

クライヴは脱力したようにロビーチェアに腰を下ろした。

ユイに会ってまだ二カ月ほど。ここで夕食をともに取るだけの関係だが、会うたび、どうしようもなく彼に惹かれていっている。

手術をしたら命は助かるが、聴覚を失った状態になると宣言され、絶望のまま死に場所をさがしていたとき、突然現れた少年。

透明感のある声で、ポツポツとぶっきらぼうな感じで話すのが愛らしくて、一緒にいると心が安らかになって、耳のことも手術のことも気にならなくなった。なるようにしかならない、それも運命だと受け入れようという気持ちに至れた──といえばいいのか。

いつもこちらを気遣うような眼差しをしているので、てっきり好かれていると勘違いしていた。でもおそらく彼には、クライヴ以外に愛する人間がいるのだろう。

――俺に対しては、単なる指揮のファン。いわゆる推しという存在だったのだろう。

推しと恋人とは違う。彼はいつも左手の小指に上質のクラダリングをつけていた。この国の第三の都市ゴールウェイのシンボルでもあり、左手につけるのは恋人がいるときだったはず。

だけど恋人はいるのか――とは訊けなかった。いると言われたら立ち直れないからだ。せめて恋人がいるかどうか尋ねてから、プロポーズすべきだったか。

だが、手術をする前にしておきたかった。

聴覚を失う前に、彼のあの澄んだ透明な声で、「愛している」と言われたかったのだ。

指揮者としてクラシック音楽を極めようとしていたのに、この世界の最後に鼓膜に刻まれる音が彼の声であったらいいのに……と思ったから、つい性急になってしまった。

振られてしまったということか――と肩を落としたそのとき、携帯電話に着信が入った。

一瞬、期待したが、相手は昔の楽団の知りあいだった。

渡したいものがあるので、明日、見舞いにくるとのことだった。


その夜、クライヴはなかなか寝つけなかった。

どこに行ってしまったのか。転院だなんて。

考えだすと、ふいに水に落ちたときと同じように、耳に入る音がざわつくときがある。

『クライヴ、クライヴっ！』

あれは誰の声だろう。透明なとても綺麗な声、ユイに似ている。

事故にあい、そのときに脳に障害を負ったのが原因で、それまでの記憶をすべて失ってしまった。

日記もなく、スマートフォンもなく、パソコンも消えた。

なにもかもまったくわからない状態だったが、音楽のことだけは記憶に残っていた。

『音楽だけは記憶しているのなら、そちらの道にすすまれては？』

リハビリも兼ね、本格的に音楽を始めたのがいい結果となり、順調にクライヴの才能が花ひらいていった。

『クライヴの音楽、大好き。演奏している姿も好きだ』

『ずっと聴き続けるね』

誰かの声が聞こえる気がしている。

その声に背中を押されるように、クライヴは音楽の勉強に励んだ。

ヴァイオリンの演奏よりも指揮のほうに喜びを感じるようになり、音楽に集中しているときだけ、記憶のない不安から解放された。

大切ななにかを忘れた不安感が消えるのだ。

記憶がないことと音楽になにかつながりがあるのか尋ねても、周りはただの趣味の一環として習っていただけなので、音楽はクライヴの人生と大きく関わりがあったわけではないと言う。

けれどそれではどうしてこれだけはっきりと記憶していたのか。

母の名前も父の名前も忘れていたのに、作曲家の名前と音楽はすらすらと出てくる。

ケルトの伝承音楽までも、楽譜を見なくても演奏できるのだ。

ハチャトリアンの仮面舞踏会を聴くと気持ちが高揚する。

ラフマニノフの交響曲第一番を丸ごと記憶している。

チャイコフスキーは交響曲五番が好きだったらしい。

同じくショスタコーヴィチも交響曲五番。

それだけではないマーラーも五番だ。モーツァルトは四十番。

ブラームスのドイツレクイエム、サンサーンスの死の舞踏も。

音楽の教師が言っていた。それはそれぞれ作曲家にとって『運命』を表す音楽だと。

作曲家の人生にとっての『運命』というものが何なのかわからないけれど、その曲を演奏していると、自分の『運命』を掴《つか》んでいる気がして、定期演奏会の曲をいつもそうしたものにしていた。

——そうしたら、何かわかる気がして。

なぜか音楽だけはしっかりと記憶していたのだが、その理由はわからない。

そして失われたものを取り戻すように努力した結果、地位と名声を手に入れることができ、これからというときに耳の状態が悪化してしまった。

事故の後遺症らしい。難しい手術をすれば命は助かる可能性もあるが、本当に何も聞こえなくなるかもしれない。ただこのままでも指揮者としての将来は絶望的だ。

——手術を受け、音楽をやめて……別の仕事をさがして、ユイと結婚しようと思っていたが。

一体、彼はどこに消えてしまったのか。

その夜もまたあの夢を見た。

ユイと出会ってから見る不思議な夢を。

霧のむこうに見え隠れする不思議な光景だ。

記憶を失う前の光景ではない。

なぜなら現代ではないからだ。なぜかそこでクライヴは地下牢《ちかろう》に閉じ込められた騎士の姿となっているのだ。

そしていつも映画のワンシーンのように見える光景がある。

墓標の前にユイとよく似た少年がいる。彼は泣きながら、枯れた白詰草の花冠をケルト十字の墓にかけている。

あの墓標の前に行くと、見える姿があった。

――これは夢なのか幻なのか、それともあの土地で実際にあったことを俺が見ているのか。

昔から伝わるケルトの迷信のなかに、土地に刻まれた怨念《おんねん》はいつまでたっても浄化されないというものがある。

東洋では、そういうものをその土地が持つ「業」――カルマというらしいが、何度も同じ場所でくりかえされる呪いのようなもの――たとえば、戦争があったり、ジェノサイドがあったり、疫病で滅んだり、大火災があったり……そういった不幸がなぜか同じ場所でよく起きる。

その土地がもともと持っている怨念なのか、それとも最初にそこで起きた不幸や哀しみの情念をその土地が染みこませてしまったがゆえに、そこで必ず同じ現象が起きるのか。

――ここは……きっと後者だ。多分、あまりにもここが美しいから、悪霊に愛されてしまったのかもしれない。

クライヴはケルトの墓標の前に行くといつもそんなふうに感じる。

その日もそうだった。

そんな夢を見ていた。


透きとおるような月明かりが、モハーの断崖の片隅に建つ城をくっきりと純白に浮かびあがらせている。中世風の城だ。

その夜、城内が寝静まるのを待ち、一人の少年が地下牢にむかっている。

ケルトの民族衣装風のチュニックを着ている。

襟元には刺繡《ししゅう》があり、黒っぽい茶色の髪が背中まで垂れている。目はくりっとして愛らしい。

すっぽりとした足首まである服にエプロンをつけ、腕には花と果物の入った籠《かご》と湯の入った木桶《きおけ》。

髪型や衣服は違うものの、顔立ちはユイだ。

彼は扉の前で、物陰にいた見張り番の騎士に呼び止められる。

「待て、籠の中身を確認させろ」

騎士に肩をつかまれ、ユイらしきその少年は籠を騎士に見せる。

「密偵から密書など、受け取っていないな。怪しいことをしたらおまえも一族も全員処刑するぞ」

するとその奥から女性が出てきた。

「その子は大丈夫よ。耳が聞こえないし、字は読めないの。捕虜と話すをすることなどできないのだから」

　漆黒のドレスに身を包んだ女性は、クライヴの母親に似ていた。けれど夢のなかではこの城の城主夫人のようだ。

「すみません、今日からここの担当になったのでよくわかっていませんでした。耳が聞こえないというと、ドルイド一族のはみ出し者の……ユイですか」

「そう、だから安心して王子の世話係をさせられるのよ。ドルイドとして薬草の知識もあるし、一族は我が家からの庇護《ひご》がなければ暮らしていけないし」

「なるほど。それでは密偵もなにもできませんね」

「ええ、王子は政治的判断で、幽閉されてはいるものの、いずれ処刑されることが決まっている立場。目隠しをした状態で、鎖でつながれている。一方、ユイは耳が聞こえず、言葉もよく話せないし、文字も読めない。二人にはなにもできないわ」

「でも知りませんよ、魔法を使われたらどうするのですか」

「もう使えないみたいよ。夫は、その力の封印を解きたいみたいだけど。この少年、あの王子のことが好きみたいだから……」

「なるほど。それは面白い。いずれにしろ利用価値があるわけですか」

　確かに、牢獄にいる王子はベッドの上で鎖に足をつながれ、自由に動くことはできず、目隠しをされている状態だ。

床には、香りのするミモザとナナカマドが五芒星《ごぼうせい》──ペンタグラムの形で撒かれている。古来から魔除《まよ》けとされてきた植物たちだ。

ふわりと立ちのぼってくる香りが目隠しをされた王子の鼻腔《びくう》を甘く撫でていく。

クライヴにその光景ははっきりと見えていた。

牢獄のクライヴ王子としてではなく、それを上から見つめる神のように。

ひんやりとした夜風が王子のほおを撫でている。

甲冑を脱いだ騎士の平服のような格好をしている。あちこち怪我をしているが、身分が高いことがわかる。その風に誘われるように、意識が戻る。

「…………っ」

地下牢の扉がひらく音とともに、ユイに似た少年が入ってくる。

床に細長い影が刻まれていた。けれど王子がそれを確かめるのは不可能だった。目隠しをされているのだから。

「……」

天井の格子窓から射しこんでくる月明かりのおかげで、神目線のクライヴにはその顔がはっきりと見えた。

ユイは床に木桶を置き、濡れた布で王子の腕を手にとり、そこにある傷の手当てをはじめた。どうやら王子は戦争で全身を負傷し、足は骨折しているようだ。

いや、それだけではない。王子の皮膚には鞭《むち》打たれたような鬱血《うっけつ》の痕《あと》がある。毎夜のように拷問されているのだが、ユイはそこを薬草で治療する係のようだった。

「ありがとう、助かる」

しかしユイには言葉が聞こえないようで、首をかしげたまま、彼の手当てを続ける。

王子が手を伸ばし、手探りでユイの額の前髪をかきわけ始めた。

「冷たい……外は寒いのか」

王子の親指と人差し指の先が、ユイの皮膚の感触を確かめるように、まぶたの上をたどっていく。

ユイはそっと王子の目隠しをとった。

「ありがとう、バレたらきみもただでは済まないのに。短い間でも外してくれるおかげで少しでも気持ちが楽になるよ」

まばたきもせず、その双眸を見つめながら、ユイは王子に手を伸ばした。

すると王子が微笑する。

「いいんだ、なにもしなくても」

ここにいるユイは耳が聞こえないようだ。だが相手の眼差しの色と唇の動きでどうにかユイはうっすらとでも言葉を理解できるようだ。

「きみにここで会えてよかった。まさかきみが世話係としてやってきてくれるとは」

王子が微笑すると、ユイも幸せそうに微笑した。

「もしかして、きみから望んだのか？」

王子の問いかけに、ユイがこクリとうなずく。

ふたりの様子を見ているクライヴには、はっきりと彼らが愛しあっているのが伝わってきた。

——ここで会う前から……そうだったのか。

まだ捕虜になる前、ローマ帝国が進軍してくる数カ月前のことだ。

平和だった時代に王子がモハーの断崖の丘でマンドリンを弾《ひ》いているとき、ユイが近づき、聞こえないことが哀しいという表情で眺めている姿がうっすらと彼らのむこうに透けて見えた。

耳が聞こえず、字も読めないユイと王子に具体的な交流があったわけではない。

だが、何度かふたりは断崖で逢瀬を重ねていたようだ。

ユイが顔を出すと、王子が白詰草の花を編み、彼の頭にかける。

次は花の首飾りを作って首にかけて後ろから抱きしめる。

ユイがうれしそうに顔をほころばせると、王子は彼の毛先をつかんでそっとそこにキスをする。

ふたりは言葉はなくとも、深いところで愛しあっていた。そんなふたりの姿をまばゆい太陽の光がきらきらと煌《きら》めかせている。

ふたりの心には、そのときの幸せな光景が強く残っている。

——ユイは王子を助けたくて、一族の長老にたのんで彼の世話係になったのだ。

ユイなら、耳も聞こえず、口もきけないので大丈夫だと伝え。

地下牢でユイは王子の足に手を伸ばした。だが、王子がそれを止める。

「もう来ないでいい、今日を最後に」

王子が別れを告げる。

「……明日でお別れだ。俺は処刑される」

その言葉は聞こえていないはずなのに、ユイの瞳から涙が流れ落ちていく。

「きみになにも残せない。感謝の気持ちしか」

「そんなことはいい……それよりも……ぼくを……抱いて」

ささやくようなユイの言葉に、王子が息を呑んだ。しかし返事はできない。ユイはもう一度懇願するように彼に頼んだ。

「ぼく……抱いて」

耳が聞こえないから声の出し方がわからないのだろう。とても聞きとりづらい言葉だった。それでも王子には意味が伝わったようだ。

もちろんそれを見ているクライヴにも。

「……」

ユイはベッドに座る王子の腿《もも》の上にもたれかかった。

そしてそっとズボンの上から再び撫でていく。怪我をしている足のところを。だが、王子はすぐにユイを自分から離すように起きあがらせた。

「ダメだ、触らないでくれ。俺はきみに触れられたくないんだ、嫌なんだ」

「……っ」

ユイが絶望的なまなざしで王子を見あげる。

——きみは俺を助けるつもりだろう？　だが、ここできみを抱いたらふたりとも異端者になってしまう。今は教会に目をつけられ、異端者の烙印《らくいん》を押されただけで、悪魔と契約した魔女として火刑にされてしまう時代だ。

この世の不可解なすべての出来事は、悪魔のしわざか悪魔と契約した魔女のせいだと思われている。

季節外れの嵐も、原因不明の疫病も、動物の死体が大量に発見されたときも、けたたましく鶏が鳴いているだけでも。

「俺は明日には処刑される。バカバカしい戦争もすべてが終わる。それでいい」

そうだ、この苦しい恋も終えなければ。

いずれにしろ、彼をどれだけ愛していても、処刑される立場ではどうしようもない。

「俺は助かる気はない。世話をしてくれたきみには感謝しているが、それ以上の気持ちはない。きみには感謝だけだ」

「……っ」

もう一度、唇を近づけようとしてきたユイの肩を、王子は突っぱねた。

「やめてくれ、うっとうしいだけだ」

冷たい王子の言葉にユイが泣きそうな顔をする。

王子は思っていた。

——彼を守らなければ。今、一番優先しなければならないのは、俺が処刑されたあとも、この不条理な世界で生きていくユイの立場だ。

世話係の少年には、なにをしてもいい、性処理の相手にしたければしてもいいと、ここに捕らえられたとき、城主であり、従兄であるランバート侯から言われた。

そんなことはしないと決め、手を出さないようにしてきたが、ランバート侯には別の目的があったようだ。

ユイは王子に惹かれている。その気持ちを叶えたらどうかとすすめられたこともある。

『世話係の少年は、ドルイドのはみだし者だが……あいつのなかに封印されている力がある。彼を不幸にするからと祖先が封印してしまったらしい。その代償として聴覚がないそうだ。人と愛しあえない、理解しあえないようになっている。あいつが愛を知ったら、その耳が聞こえるようになる。そうなったら、あいつの力をひきだすことができる。ローマとの戦争に勝てる』

ローマ帝国にひきわたされると、王子は確実に処刑されてしまう。そうなりたくなければ、ユイの力を引き出せ。ユイの愛を受け入れろ——と言われていた。

ユイの力、ケルトのドルイドは魔法が使えるという。ユイには「身代わりの癒し」の力があるのだろう。だが、彼の先祖によってその力は封印されている。聴覚がなく、言葉もまともに話せず、さらに文字も読めないので誰ともコミュニケーションが取れない。

このまま力のない者のままでいなければ、ユイはランバート侯に利用されてしまう。

——守らなければ。ユイを地獄に連れていくわけにはいかない。

王子は彼が持ってきた籠の中身を床にぶちまけた。

「おまえなんてごめんだ。近づくな、俺は王子だぞ」

笑いながら、冷たく言う。

「だってそうだろう？　この世での最後の相手が、ドルイドでも、みっともないはみだしものだなんて、最悪だ。俺はいろんな姫を抱いてきた。おまえごときを抱きたくない」

「——っ！」

「うっとうしい、出ていけ」

王子は突き放すように言った。ユイはそれが口の動きだけでわかる。

——違う、大好きだよ、ユイ。ユイ、ユイ……。

きみの笑顔が好きだ。きみの瞳も、きみの表情も……なにもかも大好きだ。

まだ幽閉される前、俺が断崖でマンドリンを演奏していると、耳の聞こえないきみはとても悲しい顔をした。

だから、約束した。いつかきみのために音楽を演奏する、きみが生まれ変わって聞こえるようになったら、ずっとずっと聴けるようにする。

それからこうも約束した。

きみの耳の哀しさ、きみの心の孤独を俺も体験する。そして理解する、と。

こんな想い……歪《ゆが》んでいるのはわかっている。

自分は王子として本当に大切に育てられてきた。

だから王子として運命を受け入れる。戦争で捕虜になった以上、死ぬのも当然のことだと思っている。でも愛するものだけは守りたい。

「今さら異端の罪を犯す気はない。これ以上、罪を重くする必要もないだろう。どのみち、この世界で俺は戦争で大勢の人間を殺した。地獄に行くのは決まっている」

ユイが首を左右に振り、ジェスチャーを示す。

地獄にはいかない、生まれ変わる、と。

そうだ、彼らケルトの民は、キリスト教と違う。彼らは太陽と大地の古い神々を信じ、霊魂の不滅や輪廻転生を信じているのだ。

ケルトの伝説では、人間が動物に生まれ変わることも、神が英雄になることも、人間と妖精《ようせい》とが結婚したり、妖精が人間の子に生まれ変わったり、入れ替わったり、転生したりすることが度々あるらしい。

「あいにく俺はキリスト教徒だ。輪廻はない。ちょうどいい、俺は地獄に、おまえは生まれ変わる。死んだあと、会わなくてもいいわけだ」

ユイの表情が切なくて胸が痛い。さっさとこの視界から消えて欲しい。誰も愛したことはない。そんな自分の心をユイが癒してくれたが、これ以上はもう一緒にいられない。

「さあ、出ていけ。汚らわしい、顔も見たくない」

するとユイが絶望的な顔で背をむけ、床に落ちていた籠を王子になげつけた。彼のなかに王子への憎しみが芽生えたのがクライヴにもわかった。

「あなた……嫌い……嫌い……」

「俺も嫌いだ」

「あなたなんて……処刑……されれば……いい……」

くるっと彼が背を向ける。

泣きながら去っていくユイの背中を見送りながら、王子は籠から落ちてきた白詰草の花を一輪手にとり、そっとそこにキスをした。

愛している。愛おしい。

だから処刑される男のことなど気に留めるな。その力を封印したまま、ずっと無垢《むく》なままのきみでいてくれ。ドルイドの力など必要ない。

遠い未来の果てで、もしまたきみと出会えたら。

もし魔法も異端もなにもない世界があって、自由に生きることができたら、まちがいなくきみを。

きみを愛したい。この腕に抱きしめる。

重々しい地下牢の鉄の扉が閉められ、その振動と音が響きわたる。

ほっと胸を撫で下ろし、王子は床に散乱した籠の中身を拾おうとした。戦争で骨折し、動かすこともできない左足を引きずりながら。

「え……」

そのとき、ハッとした。

動くことができないはずの足で身体を支えている。

――怪我が治っている。骨折が……。

立っているだけでも痛かったはずなのに。骨折だけではない。腕の傷もなにもかも。

まさか、まさかユイの力が――。


夢はそこで終わった。

――生々しい夢だった。まるで現実にあったかのように。

病室で目を覚ましたクライヴは、そっとスマートフォンのフォルダをひらいた。

ダブリンの自宅にある禁帯出の書庫で発見した文献を写真にとっておいた。

父と執事が厳しく管理しているもので、そこに入れるのは侯爵の称号を継ぐ者のみ。

かつては銀行の貸金庫にあったらしいが、どうも記憶を失う前の自分が持ちだしてしまったらしい
――とだけわかっている。

ということは、事故の原因に何か関係があるかもしれないと思い、父が留守のときに自宅に行き、こっそりとその文献を確かめたのだ。

古い中世の頃の楽譜が見たい、音楽の勉強のためだからと言えば、疑わずに地下の書庫に入れてもらうことができた。

防犯用の監視カメラがあるので、それとなく楽譜の写真を撮るふりをして、カメラの死角からそっとかつて銀行にあったその禁帯出の本の中身も写真におさめておいた。

そこにあったのは「身代わりの癒し」という力のことだった。

かつてランバート家が領土としていたゴールウェイ近郊にいたドイルドのなかに、代々、その力をもつ人間が生まれることがあり、その人間は侯爵家におおいに役立ってきたという記録だった。

そこに、気になる記述があった。

捕虜の王子の世話係をしていたケルトの少年に強くその力があったが、捕虜が処刑されたあと、その少年ユイもすぐに死亡している。

――ユイ……まさか夢のなかのことが？

その事実をどうすれば確かめられるのか、と思ったその翌日、かつてクライヴが指揮をしていた楽団の団員が訪ねてきた。

「きみ宛てにチケットが届いていた。ロンドンの交響楽団のヴァイオリニストから、第九の演奏の招待券だ」

ロンドンの交響楽団といえばエリオットという友人がいる。

SNSを通じてエリオットに連絡をとる。彼から「くわしいことは書けないが、どうしても聴きにきて欲しい」とだけ返事があった。

医師にロンドンに行きたいと告げると、クリスマスの前後数日間、外出許可を出してもいいと返事がかえってきた。

「きみの場合、無理な運動は禁物だよ。それと飛行機もだめだ。いつ血栓が爆発するか分からないんだから」

飛行機だと一時間で行けるが、船と電車だと七時間ほどかかる。それでも許可が下りたのでロンドンに行くことにした。

それを母に告げると反対されるのがわかっていたので、クライヴは誰にも告げずにロンドン行きの準備をし始めた。

そんなクライヴのところに、父が訪ねてきた。

「――どうしたんだ、めずらしいね、父さんが見舞いにくるなんて」

何年ぶりだろう。母が肺炎で隔離されているため、安心してやってきたのかもしれない。

「具合はどうだ？」

「年明けに手術予定だ。そのあとは聴覚障害が残るそうだ」

「では指揮はもうやめるのか」

「仕方ない」

「家督を継いでくれるんだな」

「……いいの？」

「ああ、今日、きたのは他でもない。マーガレットから正式に離婚したいからと、先週の水曜、弁護士から連絡があったんだよ」

「え……」

　マーガレットとは母のことだ。離婚同然に別居していて、父には内縁の妻がいるが、母は侯爵夫人の称号を手放したくなくてずっと法的な離婚には応じなかったのに。

「条件として、スペインのアンダルシア地方にある別荘とワイン農園から入る収益。あの地で心療内科にかかりながらゆっくり暮らしたいそうだ」

「そうなんだ」

　驚いた。急にどうしたのだろう、息子にべったりだったのに。

「今さっき、弁護士とここの心療内科の主治医と会って、正式に書類をまとめたよ。主治医の話では、人が変わったみたいにおだやかな性格になったそうだ。先々週の土曜、街中で倒れたあと、二、三日、寝こんだようだが、そのあと、憑《つ》き物《もの》が落ちたみたいに」

　先々週の土曜といえば、ユイとの食事中に現れた日だ。

　ユイを見送ったあと、心配になって母にメールをうったが、「もう寝るから。おやすみ」というメールがすぐにもどってきた。

　それ以来、普通にメールのやりとりをしていたが、正式に離婚するともスペインに行くともなにも聞いていない。

　もちろん、母が精神的に自立できるならクライヴとしてはありがたいのだが。

「それで少し気になっておまえに会いにきた。前からおまえに話したいと思っていたが、マーガレットがあの調子ではなかなか話せなくて」

父は小さな冊子をとり出した。鍵のかかったものだ。

「これは我が家の年代記の一部だ。記憶を失う前、おまえに読ませたことがあるが、記憶を失ったあとは、マーガレットが絶対にダメだと言って許してくれなかったので、じっくりと説明する機会がなかったが」

我が家の年代記。貸金庫にあるもの以外にもあったのか。

「それを読んで驚かないように。そこにおまえが駆け落ちしようとしたユイという少年のことも書かれている」

「え……」

今、なんて――――。

「おまえが駆け落ちした相手だ」

「では……俺はユイと」

「ああ」

やはりユイを愛していたのか。そうか、だからいつも彼が愛しくて愛しくて仕方なかったのか。

「そこに書かれていることはランバート家の当主と後継者だけの秘密だ。マーガレットも詳細は知らない。ユイという少年と駆け落ちした事実しか」

なにかあったら連絡してくれ。それはおまえのものだ――父はそう言って病室を出ていった。クライヴはままその年代記の紐《ひも》を解いた。

――そういうことだったのか。

父がどこにも預けず、自分のものとしてずっと隠していた年代記の一部に、恐ろしい事実が隠されていた。

千年前、ランバート家は無実の罪で親戚筋のクライヴという名の王子を処刑した。

ローマ帝国からは、彼と和解したいという申し出があったのにそれを隠したのだ。その理由のひとつに、王子と恋仲だったドルイドの巫子の力を試したいということがあった。人の怪我や病気を治すという「身代わりの癒し」の力。王子を傷つければ、ドルイドの力をひきだせるのではないか――そう思い、最終的に、王子はそのことに気づき、巫子を突き放して処刑されてしまった。

巫子は突き放されたことで、王子に憎しみを抱きながらも、その心の奥にあった深い愛によって、王子の怪我が治ってしまった。

ランバート家の先祖は、王子を処刑したあと、巫子の力を使って自分たちの勢力を広げようとした。だが力を使いすぎ、巫子はすっかり弱ってしまって、ある日、王子の墓標の前で死んでいた。

それ以来、ランバート家には、その巫子と王子の呪いがかかってしまったと書かれていたのだ。

――そうだったのか。そしておそらく彼らの生まれ変わりが俺とユイなのか。

王子はユイに触れられるのを嫌がっていた。彼の力がどういう意味を持つのか、それを使うとユイがどうなるのか知っていたからだ。

自分もそうだ、ここに書かれている内容によると、記憶を失う前、クライヴは父親にユイの力を使わないでくれと訴えたようだ。

だが父がそれを拒否したため、ユイを連れ、クライヴは駆け落ちしたのだ。

彼を愛していたから守りたくて。

でも結局、そのとき、事故にあって死にかけたクライヴはユイの力によって助けられてしまった。

――知らなかった……そんなこと……なにも。

クライヴから忘れられてしまった歳月、彼がどうしていたのか。クライヴの両親から言われ、二度と会わないと約束したようだ。

そのときの彼の哀しみを想像すると、胸が押しつぶされそうだ。いつしか涙が流れていた。

『どうしてあなたがここに』

ユイを見かけたときの母の声。

初めてエレベーターで自分を見たときの、ユイの驚いたような顔。ずっと音楽を聴いてくれていたらしいが、それだけではないのだろう。

――だが……これで辻褄《つじつま》があう。

彼は病院で再会したときもクライヴの怪我を治してしまった。

そして母が現われたとたん、消えてしまった。探さなければならない。それとももう過去のことがあるから探されたくなくてここから去ったのだろうか。

だとしたら、さがさないほうがいいのか。

いや、もしかしたらあそこにいるかもしれない。

クライヴは気になり、ロンドンに行く前、一日早く病院を出て、車を借りて西アイルランドにむかった。

他のところと磁場が違うのか、そこに立つと、あの少年の幻が見えた。

夢のなかで見た千年前の彼。

耳が聞こえず、会話も上手にできない。癒しの力を持つ少年。彼は、ずっとそこで王子の墓に花冠をかけ続けているのだ。

決して四つ葉のクローバーを見つけることができない。白詰草の花が咲かない。ケルト十字の墓地、この場所をあの少年が呪っているのか。

ランバート家を？　それとも王子を？

幽霊、残像、なんなのかわからないけれど。どうして泣いているのか。どうして花冠をたむけているのか。

「ユイ……」

ユイの顔をしている幻に声をかけると、彼がふりむき、花冠をクライヴに差しだしてくる。

——愛されることを恐れないで。ユイからの愛を受け入れて。

ふっと彼の声が聞こえたと思った瞬間、幻の姿は消えていた。霧とともに。

クリスマスイヴの前日、クライヴはロンドンに到着した。

ロンドンでの普段の定宿は、バッキンガム宮殿裏のドーチェスターホテルだが、クリスマスシーズンで予約がいっぱいだったため、仕方なくカムデンタウンの中堅ホテルに宿をとった。

交差点をわたり、人混みのなかにまぎれていく。

クリスリマスツリーやイルミネーションが煌めく若者たちの街。明かりに集まる虫のように大勢の人々が街にくりだしている。

ホテルにチェックインしたあと、鼓膜がやぶれそうな大音量のパブにひかれ、クライヴはその店に入った。壁に描かれたフォノグラムのロゴを見て、そこが最近ロンドンで人気の有名なクラブだということに気づく。

耳がつぶれそうなほどの音楽や、激しく揺れる振動が心地いい。音に包まれていたい。今も左側は海に潜ったときのような感じでしか聞こえない。だからこそうるさい音に包まれていたかったのだ。

「クライヴ……」

そのとき、後ろから呼ぶ声にハッとした。ふりむくとユイがいた。

「やっぱりクライヴだ。さっき、そっくりな人がパブに入っていくのが見えたから必死に追いかけたんだけど」

「どうしてこんなところに」

「あなたこそ。どうしてカムデンタウンに。ああ、でもよかった、会えて」

相変わらずぶっきらぼうな話し方をしている。それだけで胸が熱くなる。どれほど会いたかったか。どれほど愛していたのか。顔を見ただけで泣きたくなった。

「きみこそ、恋人と旅行？」

クライヴは彼の左手の小指を見て苦笑いした。その指輪を見たとたんに、ついさっきまでの多幸感が抜けてしまった。

「あの……恋人って」

「邪魔をした？」

皮肉めいた言葉が喉から出てくる。ユイはそっけなく返した。

「恋人なんてどうしてそんな発想。……あ、ううん、そうなんだ、彼氏がロンドンにいて」

やはりそうだったのか。クライヴは小さく息をついた。

駆け落ちした過去はもう遠い昔のことなのだ。ユイはユイで今は幸せなのだと思うと、無性に悲しくなったが、祝福しなければと思った。

「それでロンドンに来たんだ」

「うん、こっちで彼と結婚する。だから……」

ごめんなさい……と言われ、クライヴは「いいよ」と笑みを作った。

「おめでとう、何か欲しいものがあったら言ってくれ。お祝いにプレゼントするよ」

「そうだね、じゃあ、明日コンサートのあとにでも」

「コンサートって？」

「明日、あなたとエリオットさんのコンサートに行くんだ」

「俺と？　だったらチケットは」

「エリオットさんがプレゼントしてくれたんだ。それで一緒に聴きたいからあなたをここに呼んで欲しいとたのんで」

「そういえばエリオットの話をしたな。だけどクリスマスのコンサートをどうして俺なんかと。恋人と行けばいいのに」

「あ……彼、仕事なんだ。それに音楽には興味なくて。それだったら、大好きな指揮者のあなたと聴きたいと思って」

「可愛い顔をして、けっこう悪どいんだな、ユイは」

「え……」

「彼氏がいるくせに、俺をコンサートに誘ったりして。相手に疑われないか心配になるよ。俺と過ちを犯したりしないか……少なくても俺はユイが好きなんだし」

「大丈夫だよ。クライヴ、触れられるの、嫌いだって言ってたじゃないか。今まで一度しか触れたことないのに過ちなんて」

一度触れたとき——正しくは二度だが、再会してから、ユイとクライヴが触れたのは、あの日だけだ。クライヴが飛び降りそうになっていたのをユイが止めたときと、怪我をした手に触れたとき。そう、「身代わりの癒し」の力をユイが使ったのだ。

「ユイ……明日、コンサートが終わったら、ちょっとだけ呑みに付きあってくれないか。彼氏に疑われないよう、一時間ほど」

「あ、うん」

「話したいことがあるんだ。手術を受ける前……多分、きみとこうして会話をするのも最後になると思うから」

記憶がもどったわけではない。けれど過去にきみと駆け落ちしたことを知った。それからきみの力のことも。それを伝えたあと、彼を抱きたい。そんな衝動が湧いてきた。どうしたんだろう。彼に触れたい。求めたい。熱っぽく抱きたい。

『抱いて』

あれは都合のいい夢かもしれない。

『遠い未来にきみを愛する』

だが自分は人に触れられるのが苦手だ。なぜか触れられてはいけない気がするのだ。

それなのに抱きたいという気持ちが湧いてくる。

——バカな。ユイには彼氏がいるのに。結婚が決まっている相手がいるのに。

自分にそう言い聞かせ、クライヴは彼に笑顔を向けた。

「そう、そういえば、母さん、スペインに移住することになったんだ。あのあと、肺炎で少し入院して、今、隔離期間だけど、年が明けたら。もう俺への執着も父さんへのこだわりも忘れたみたいになって」

「え……じゃあ、心の病気、よくなったんだ、よかった」

ふわっと笑顔を見せたユイに、クライヴはハッとした。

心の病気がよくなったとは、今、はっきりとは言っていない。移住することになった、俺と父への執着がなくなったみたいだとしか。

——あの日、ユイと会ったあの日に、母さんは病院を抜けだして、街中で倒れているのを発見されて救急車で運ばれたと聞いたが。

なぜ、あの日、母は外出したのか。そしてあの日以降、ユイはクライヴの前から姿を消した。

「ユイ……ダブリンのアパートはもうひきはらったの？」

「あ、うん」

「そうなんだ、じゃあ、もう帰ってこないのか」

「そうだね」

「劇場街が近いって言ってたっけ？」

「あ、ううん。劇場街にはそんなに近くなくて……」

「じゃあ、わざわざ遠くから俺の配信を聴きに行ってたんだ」

クライヴはさりげなく彼の住んでいたあたりを知りたくて誘導してみた。母が倒れていた場所と同じなら、あの日、母はユイに会いに行ったことになる。

「うん、でも歩ける距離だったよ」

「港のほう？」

「反対、テンプルバーから少し南に行ったあたり」

ああ、やはりそうだったのか。

あの日、母はユイに会いに行ったのだ。そしておそらくユイは、母の心の病を「身代わりの癒し」の力でとりのぞいてくれたのだ。

——俺のために……。ユイ……そうなんだな。

明日、尋ねよう。そしてもうそういうことをやめるように言おう。

あの年代記に書かれていた。父とユイの母親がしていたこと——ユイの力で多くの著名人の怪我や病気を治していた。

ユイにその力があることを知って、クライヴは彼を守りたくて駆け落ちし、そして失敗したのだ。

彼の寿命がなくなる、長生きできない、それを恐れて。

「……っ」

そのとき、クライヴはハッとした。

ユイ……ユイが母の心の病を治したのだとしたら。なぜユイはそんなことをしたのか。

ユイは力を使いすぎてしまった。これ以上、寿命を減らさないために廃業したとあそこに書かれていたのに、その残り少ない大切な寿命を母のために使った。

――ユイ……。

ユイの真の目的がなんなのか。悪い予感がクライヴの胸を過ぎる。

本当にロンドンに恋人がいるのか。本当にここで結婚するのか。

まさか、ユイは――――？

5　未来へ

「――できたら、俺が指揮をしたかった」

招待券を手にロンドンの王立劇場にむかう途中、クライヴがそんなことを呟いた。

「来年のクリスマスはクライヴが」

ユイの言葉に、クライヴが首を左右に振る。

「この左耳で？」

「多分、大丈夫だよ。今朝、教会で祈ってきたから」

祈った。ちゃんとケルト系の教会で。自分の最後の命をすべて注ぐから、クライヴの左耳を治してくださいと。

「来年、もしも奇跡的に俺の耳が治っていたら、ユイと恋人に一番いい席をプレゼントするよ」

恋人……。

クラダリングのことを誤解している。

――これはクライヴからもらったものだよ。

でもそれは封印しよう。これから先、クライヴが幸せな人生を歩んでいくために。

自分が愛しているのはクライヴだというのは告げないでおく。

クライヴに誘われ、ふたり、上等のタキシードに身を包むことにした。

──最後くらい贅沢いいよね？

あの世で再会したら、母さんがびっくりすると思う。こんな立派なタキシードを着て、あの世に旅立ったということに。

クリスマスの劇場は信じられないほど華やかな雰囲気に包まれていた。

「そういえば、ぼく、本物の劇場、初めてだ」

「今日はエリオットからのプレゼントということで、二人、ボックス席を貸し切りだ」

ロビーの地下にあるクロークに行ったあと、その隣にある広々としたラウンジにむかった。

ラウンジは社交場になっているらしく、クライヴは顔が知れているので、たくさんのひとが挨拶《あいさつ》にきた。

劇場の支配人、ソワレ用の正装に身を包んだ紳士淑女たち。

ボックス席は、病院の個室よりは小さかった。エレベーター二基分くらいの大きさだ。

扉を開け、カーテンをひらくと、手すりのついたボックス席がある。赤い絨毯がとても高級そうだ。

貸し切りで、クライヴと『第九』を聞く。

少しずつ暗くなっていくフロア。指揮者が現われ、客席の目が集中するなか、音楽が始まる。

クラシックコンサートの会場なんて初めてだ。

この指揮がクライヴだったらどんなにいいだろう。

ベートーヴェンの交響曲第九番は休憩なしの七十分ほどのコンサートだ。だから次に明るくなるときはもうコンサートは終わっている。

ゆるやかに流れるベートーヴェンの旋律が美しく反響している。

クライヴはやはり自分が指揮をしたい様子で、左手を動かしている。その隣から、ユイはそっとクライヴの右手をつかんだ。

「いい音楽だね」

ユイがささやくと、「ああ」と呟き、クライヴはその意図に気づかないで手を握りかえしてきた。

すごいな、と思った。この崇高な音楽を聴きながら、来年、この音楽を演奏するひとのために働いているのだということに対し、ユイはどうしようもない喜びを感じる。

――ぼく……今の人生では聴くことができないけど……もしかしたら何回か生まれ変わった未来のどこかで聴くことができるかも。そうなったら素敵だね。

そう思ったとき、あの夢が見えてきた。


ランバート侯爵家のなかにある地下牢に閉じこめられている王子のところに毎日のように世話しに行く夢だ。

いつもいつも同じ夢がくり返しくり返し現れる。波のように押し寄せては引き、寄せては引き返していく。

ユイは地下牢に行き、王子に彼の部下から託された密書を渡そうと考えていた。彼を逃す準備ができているようだ。

だからその前に、彼の怪我を手当てした。薬草で手当てしながらも「身代わりの癒し」の力で彼の怪我を全部治して逃げやすくしようと思ったのだ。

『抱いて……』

勇気を出して頼んだ。彼が抱きしめてくれたら、早く治せるから。

長老からは、絶対に使うな、利用されて不幸になってしまう、そうしていくうちにユイの寿命が消える、ドルイドの一族も不幸になる――と言われていたけれど、どうしても彼を助けたかったから、一度だけその力を使おうと考えたのだ。

祈りをこめて、彼を助けたくて、どのくらい寿命をそそげばいいのかわからないけれど。そうして彼に手を伸ばした瞬間、王子はユイが持ってきた白詰草の花籠を床にぶち撒いてしまった。

『おまえなんてごめんだ。近づくな、俺は王子だぞ』

笑いながら、冷たく言われ、ユイは愕然《がくぜん》とした。

『だってそうだろう？　この世での最後の相手が、ドルイドでも、みっともないはみだしものだなんて、最悪だ。俺はいろんな姫を抱いてきた。おまえごときを抱きたくない』

忌々しく、穢らわしいものでも見るような眼差しで言われ、激しいショックを受けた。

――今も彼は触れられるのを……嫌っているけれど。

夢のなかの彼もそうだ。ユイが愛しい気持ちで触れようとするのを拒否する。

そして出て行けと言われ、ユイは密書を胸に入れたまま地下牢を出ていく。

『処刑されれば……いい』――そう叫んで。

あのときは本当に彼を憎んでいた。本気でそう思っていた。

その翌日、王子が火刑にされてしまっても、涙も出なかった。

その後、ランバート侯爵に呼ばれ、「身代わりの癒し」の力を使うように命じられ、ユイは侯爵家のため、その力を使い尽くし、弱り果てたあと、王子の墓標の前で野垂れ死んでしまうのだ。自分を拒否した王子を憎み、呪いながら。

——でもやっぱり好きだという気持ちが残っていたのか、死んだあと、ずっと彼の魂があそこに残って、墓に白い花冠を捧げ続けている。

ロンドンに来てから、毎日毎日、そんな同じ夢を見てしまう。

以前に見た夢のなかで、彼は千年前のぼくだと言っていたけど、本当だろうか。

エリオットが前世の話をしたからだろうか。前世から自分たちは結ばれていたと。でも全然結ばれていないではないか。

あれは最低最悪の夢だ。彼の夢を見たときの哀しみを思い出し、ユイは「身代わりの癒し」の力を使うのをためらった。

第九を聴きながら、憎しみと失望のまま死ぬ夢を見て、自分は幸せに旅立てるのだろうか。

ダメだ、失望の夢を見たままだと幸せに逝けない。彼の憎しみと呪いが胸にシンクロして清らかな気持ちになれない。

——嫌だ。ぼくは幸せな気持ちのまま、あなたの手をとって旅立つのだから。

そう、クライヴの手を握り、「歓喜の歌」を聴きながら、歓喜のまま旅立ちたい。あの哀しい夢は忘れなければ。

——忘れるんだ、忘れろ、夢のことなんて忘れて。

こうして死ぬのだ、ずっとそうしたかったようにクライヴに命をそそいで。幸せに旅立つのだ。これで本望だ。

もう一度、気持ちを集中し、ユイがクライヴの手をにぎりなおしたとき、あの有名な「歓喜の歌」の合唱が始まった。

そう、この歌と同じ「歓喜」を――。

クライヴの指揮する姿を想像しよう。息をするのさえ許されないような緊張感に満ちた空間に彼が現れ、そしてその指揮棒が導いていく音楽が広いホールに反響する。

今度こそ配信ではなく、ちゃんとホールで聴くんだ。生まれ変わって、今度こそ。そう、だからこの自分の残り少ない命を愛するひとのために使う。それは何という幸せだろうか。

このくちづけを全世界に、全世界に――。

歓喜よ、神々のこの麗しき霊感よ――。

音楽が激しくなっていく。喜びと幸せに満ちた旋律。耳が聞こえなくなった作曲家ベートーヴェンが苦悩のなかから生みだした音楽。

最高だね、こんなことができるなんて――。

ユイは身体から少しずつ力が抜けていくのを感じていた。

幸せの涙を流しながら、ユイはクライヴの肩にもたれかかり、目を閉じた。

音楽の終焉とともにちょうど自分の命が消えるように、ユイが祈りを込めて彼を治そうとしていると、ふいにクライヴの手が離れた。

「……」

なにが起きているのかわからず、目を見ひらくとクライヴが微笑した。目を細めて愛しそうにこちらを見つめながらユイの手をとると、クライヴが左手の小指にキスをしてきた。

ふっと彼の唇が触れただけで、そこから甘い幸せが広がっていく。

「ユイ……余命……あとどのくらい？」

静かに訊かれ、ユイは唇をふるわせた。

「もう……短いんだよね。いっぱい人のために使ってきたから。もうあと少ししかないんだよね。その余命……俺にくれようとしているんだよね」

クライヴの言葉にユイは息を殺した。

いらないって言われたらどうしよう。あの夢のように穢らわしいって言われたら。

「もらって……くれる？」

恐る恐るふるえる声で尋ねたユイに、クライヴは「ああ」とうなずいた。今にも泣きそうな目でじっとユイを見つめた。

「欲しい、きみの余命……俺にくれる？」

ああ、よかった。ユイはほっとして涙まじりに微笑した。

「うん、ぼくの命をあなたにあげる……あなたに……」

ああ、もらってくれるんだ。拒否されなかった。よかった……。この圧倒的な幸福感。これまで一度も感じたことのない歓喜に全身がふるえる。

「ありがとう、きみの命は……もう俺のものなんだね」

クライヴは満たされたように言うと、ユイから手を離してそっとほおにキスをしてきた。

「じゃあ、明日、俺の花嫁になってくれるね」

「え……」

花嫁————！　驚いてユイは目を見ひらいた。そんなユイの前に、クライヴが小さな箱をとりだし、そっと蓋を開ける。甘いレモンの香りにハッとして見ると、そこにレモンドリズルケーキが入っていて、ハート型の赤いチョコレートと「愛するユイ。俺と結婚してくれ」というアイシング文字が書かれている。

「くれるんだろう、余命を俺に……」

クライヴの言葉の意味がわからず、目をみはったままのユイに、クライヴは底に飾られていた赤いチョコレートを摘んでユイの唇に近づけた。

「残りの日々、一分一秒、そのすべてを俺と愛しあうために使って欲しい」

「……っ！」

「欲しいのはきみの寿命ではなく、きみの時間だ」

クライヴは祈るようにユイに言った。

「これから先、命が尽きるそのときまで、俺にきみを愛させて欲しい。俺に与えるのではなく、俺から与えさせてくれないか」

「でも……でもそうなったら……クライヴの耳は……」

ユイの時間もそんなに長くないのに。それだからこそ受けとってほしかったのに。

「千年前からずっとそうなんだ、きみは与えてばかり。俺もそう、きみを愛しているから、守ろうとするから結ばれない……」

相手を愛しすぎて、相手からの愛を受け取らないから。

「これまできみに触れられるのが嫌だった。俺はどこかでずっときみの力をもらうのを恐れていたんだ。だってそれは愛する相手を喪うことになるから。愛されることへの恐怖は……きみを喪う恐怖だったんだ。そんな辛い想いを俺にさせないでくれ、どうか俺のために自分を犠牲にしないで。それよりも俺と生きる道を……」

このとき、ユイは目が覚めるような気持ちになった。

愛する相手のため「身代わりの癒し」を使うことは、自分にできる最大の幸福だと思っていた。相手への愛の証明だと。けれどそれは同時に、相手に最大の哀しみを与える行為だったのだ。

「あ……ぼ……ぼくは……ぼくは……何てことを」

どうしようもなく涙が流れ落ちていく。何ということをクライヴにしようとしていたのか。その激しい後悔と、命ではなく、一緒に過ごす時間が欲しいと言ってくれた彼の愛の深さに、ユイの双眸からあふれる涙が止まらない。

そのとき、「歓喜の歌」の最後の歌声と旋律が響き渡った。

彼の愛、彼から愛され、愛すること、これこそが幸せなのだ――と大喝采と歓声を感じながら、ユイは初めてクライヴの腕に抱きしめられていた。

†

そしてまたあの場にいた。今の意識を持ったまま。

夢のなか、クライヴは隣国の王子で、戦争に敗けて捕らえられ、地下室から出ることを許されず、罪人として幽閉されて過ごしていた。

隣国といっても、親戚筋なので、この国の王位継承権も持っている。

「ローマ帝国がここを属国にしない条件があの王子の身柄引き渡しか処刑だ。ユイ、誰とも連絡を取らせないように。この国の存亡がかかっているのだ」

そこに出入りしてもいいのは、侯爵と司祭、それから彼の身の回りの世話を任されたユイだけだった。耳が聞こえず、字も書けないため、安全と判断されたのだ。だが口の動きで大体相手がなにを言っているのかだけは理解できた。

司祭はクライヴが悪魔憑きだと言って聖水をもって現れ、悪魔祓《ばら》いのような儀式と拷問を行ってそのまま去って行く。

本来なら彼は処刑される運命だが、ローマ帝国との政治的取引のため、生かされていたらしい。

全身の傷、とりわけ骨折がひどく、このままだと二度と歩けないだろうという様子だった。

ユイは彼の従者のエリオットという男性から、処刑前になんとかして彼を逃したいので密書をわたして欲しいとたのまれた。

その密書の運び屋役を任されていたのだ。

渡していることがわかるとユイも処刑されるため、気をつけなければならなかった。

ランバート侯爵夫人は、クライヴに気があるらしく、何度か彼に迫っているらしいというのがわかった。自分の愛人になれば助けてあげると話していたとか。

もちろんクライヴは拒否していた。

「そこの子供、ちょっといい？」

ランバート侯爵夫人に呼ばれる。

「おまえ、密書の運び屋を頼まれているでしょう？」

問いかけられ、ユイは無言のまま、首を左右に振った。

「聞こえているの？」

首を左右に振り、唇を指差した。

「そう、こちらの口の動きで判《わか》るのね」

多分、そうなのだろうということは分かる。

「クライヴを逃したら、彼は本当に殺されるわよ。密書などわたしていることがわかっても同じ。だから余計なことはしないように」

密書を渡したら殺される？

だが、密書を渡していないのに殺されている。歴史となにかが違っている。

あの墓……四つ葉のクローバーの生えない墓があった。白詰草の花が咲かない墓。あの話が本当だとしたら、クライヴは恋人の裏切りにあって処刑されるはずだ。

——恋人というのはぼく？

ドルイドの巫子だということだけど、ここにそれらしき巫子はいない。いるのは自分だけだ。

ではどうにかして歴史を変えられないだろうか。夢のなかだけでも変えられたら……。

ここまでのことをこれまでもくり返し夢に見た。

この流れはずっと同じだ。


そしてついにその日がやってきた。

まばゆいばかりの月夜だった。

透きとおるような月明かりが、モハーの断崖近くのランバート城をくっきりと純白に浮かびあがらせている。その夜、ユイは地下牢のある東の塔へとむかった。すると城の近くに潜んでいたエリオットに肩を叩かれる。

「……」

ふりむくと、エリオットがそこに控えていた。

「明日、彼は処刑されてしまいます。今夜、地下道から彼を逃したい。ここにそれが記してある。どうか彼にこの密書を」

ユイは密書を胸元にしまうと、エリオットに背をむけ、地下牢に続く階段を下りていった。

地下牢の扉をひらき、なかに入っていく。

――クライヴさま。

青白い光に照らされた金髪がとても美しい。

武術で鍛えられたたくましい体軀と聡明そうな彫りの深い容貌は、この幽閉期間の間に瘦せてしまったが、それでも完璧なまでに美しく整っている。

ユイは枕もとに腰を下ろすと、彼の目隠しを取り包帯をとりかえた。

右手、左手、右足、左足……。

「冷たい……こんなに冷えて」

クライヴはユイの皮膚を確かめるようにそっとまぶたのあたりに手を伸ばしてきた。

ユイは一本だけ指先を銜えるかのように、うっすらと唇をひらいた。

彼の人差し指だった。

「……っ」

クライヴが動きを止める。

なにをしようとするのか——と、さぐるように見下ろしてくる青い眸を見つめ、ユイはうなずいた。

「身代わりの癒し」の力で彼の怪我を治すつもりだった。

ここの世話係になるとき、絶対にするなと一族から言われていた。なぜなら、それはユイの命を削ることにつながり、同時に巫女の力を持っているとして利用されてしまうから。

ランバート侯には、先祖が封印したから、今、ドルイドにその力はない——と伝えてあるのだ。実際は一族全員、その力を持っていて、特に耳の聞こえないユイは誰よりも強い力を持っている。

侯爵はユイがその力を潜在的に持っていないか試したがっている。

クライヴを瀕死にして、ユイの力で彼の傷を治せるかどうか試そうとしているのだ。

——力を使ったら、利用される。おそらく一族全員……。

でもこのままだとクライヴは処刑されてしまう。

ユイはまぶたを閉じ、愛撫するように彼の身体をさすっていった。

衣服の上からでも大丈夫。愛しさをこめて。

「……抱いて」

抱かれている間にわからないよう彼の傷を治せたら……その気持ちで思い切って言葉を口から出していた。

クライヴが息を呑む。しかし返事はない。ユイはもう一度、勇気を出して言ってみた。

「ぼくを抱いて……」

けれどクライヴはユイを抱くことはなかった。それどころか呪わしい、汚らわしい人間としてここから追い出そうとしていた。

「ダメだ……」

クライヴは突っぱねた。

「おまえごときを抱きたくもない」

今更異端の罪を犯す気はない。ドルイドのはみだし者など最悪だ。汚らわしい。彼はそれしか口にしない。

そのとき、だった。

彼の声が聞こえてきた。音としてではなく。

――ユイを守らなければ……。今、一番優先しなければならないのは、俺が処刑されたあとも、この不条理な世界で生きていく彼の身だ。何としても守らないと。ユイを地獄に連れていくわけにはいかない。ユイの寿命をもらうことだけは避けたい。

なぜ聞こえたのか。

それまで一度も聞こえてきたことのないクライヴの心の声。

ああ、はっきりとわかった。

そうだ、現代の自分と同じだ。自分もクライヴを守るため、真実を告げなかった。

前世の彼は、ユイを守るために告げなかったのだ。

「身代わりの癒し」の力を利用されてしまうことを恐れて。

そのとき、はっきりと見えた。

巫子がどうなったのか。ドルイドの巫子は利用されたあと過ちに気づき、処刑された王子の墓標の前で花を捧げ続け、息絶えてしまった。

彼の最後の一言を憎みながら。

せっかくクライヴが守ろうとしたのに。

「バカ……バカなひと」

思わずユイの唇から声が漏れていた。

そしてユイはいつものように背をむけず胸もとから出した密書を彼に渡した。

人生をもう一度やり直さなければ。

あなたの愛がわからなかった。だからこれを見せなかった。

そして呪った。

処刑されればいいと。

でも今はわかるから。現代の自分の気持ちによって、今度こそこの夢を変えることができるなら。

「……これは……」

クライヴの顔色が変わる。

「これはローマからの密書だ」

「え……」

彼の口の動きでどういうことかわかった。

「俺がこの国を継ぐことを条件に和解を申し出ているということは……俺を邪魔者扱いしていたのは、この国だったのか」

司祭と侯爵が通じて、クライヴを王にしないために、ローマ帝国からの身柄引き渡し要求があったなどと言って彼を秘密裏に処刑しようとしていた。

だが、ローマ帝国は反対に、クライヴが王になることを条件に、この国との和解を申し出ていたのだった。

反対に、侯爵は和解をせず、ローマ帝国と対抗するため、ドルイドの力を利用しようとしていた。

ああ、そういうことだったのか。

和解のための密書。逃すためのものではなく、新しい一歩を進むためのの。

「ありがとう、ユイ。ローマとの和解……それこそが平和への一歩だ。そのためにも逃げなければ。きみも一緒にきてくれ」

「……」

「逃すつもりだった。きみを守るために。だが、処刑を望んでいるのが侯爵と司祭だけなら問題はない。新たに挙兵し、この国を手に入れる。そのためについいてきてくれ」

ああ、ついに歴史が変わる。

そう思った。

「ドルイドの力で傷を治すのはやめるんだ。それはきみの命を削ることだから」

だけど……。

「いいね、きみはそのために耳が聞こえないんだ。だから」

この力を使わないで、クライヴの怪我を直すことはできるのか。

「俺の怪我は俺自身の生命力で治す。だから、きみは俺の怪我を治す代わりに、手を貸してくれ。歩きやすくなる。それだけでいいから」

クライヴが手をさしだしてくる。

癒しの力では治さない。

でもこの手で彼を支える。そんな助け方があったなんて。

「……」

そしてさしだされた手をつかみ、ユイはクライヴとともに牢を抜けだしたのだった。


「こっちだ」

地下道から出たクライヴに手をひかれ、明け方の森で待機していたエリオットのところにむかう。

なぜか耳が聞こえるようになっていた。

「……っ」

不思議だ。

こんなにも森は騒がしかったのか。風の音、葉の音、すべてが鮮明に聞こえてくる。

エリオットが用意していた馬に乗り、ユイはクライヴに連れられ、彼の支援者たちのいる集落にいくことになった。

ランバート城から北上し、荒涼とした大地を数日かけ、濃霧のなか、湖が点在する土地を抜け、さらに巨大な湖の前に出る。

山々が連なり、深いU字型の渓谷が広がっているのだが、濃密な霧が出ているため、湖の向こうがどうなっているのかはわからない。

このあたりはずっと氷河に覆われていた寒冷な地域だとか。

赤茶けた岩肌が剝き出しになった山々といい、強い風といい、これまで見たことがない荒涼とした雰囲気が漂う。

モハーの断崖よりももっとずっと大きな入り組んだ断崖にある集落に、クライヴを待つ大勢の人たちがいた。

全体がどうなっているのかはあたりに霧がかかっていて、よく見えない。

うっすらと見えてくるのは、氷河に削られたという周りの岩山だけ。この地域特有の荒々しい光景だった。岩肌が剝きだしになっている。夜陰に乗じて岸壁沿いに船で進み、対岸にある岩陰の入り江につくと、そこに小さな城が建っていた。

「ここは天然の要塞になっている。ここに俺の城がある。もう敵が攻めてくることはない。我々は、ここで静かに暮らしていくことにした。きみもどうだ?」

船から降りるとクライヴが手を差し出してくる。

「いいの？」

「ああ、俺の花嫁になって欲しい」

渡された指輪を見て、ユイはハッとした。

クラダリング。ダイヤモンドとエメラルドのついた……。でもサイズは小指サイズだ。

「クライヴ……」

「きみに命を助けられた。記憶を失う前、それからあの劇場で」

「え……っ」

どういうことだ。ここは過去なのに。それなのに……。

「前世にもどってきた。来世の記憶を持ったまま」

「え……」

「きみに俺の心の声が聞こえた瞬間」

「うそ……」

信じられない。ふたりして来世からもどってきたなんて。

「今、この人生をやり直せば、未来が変わる。俺もきみも自由な一人の人間として会えるはずだ。ドルイドの力もなく、健康で幸せな……」


そして彼と愛を誓った。その城は、古代ケルト人たちに建てられたものらしく、緑の大理石が使われた豪華な建物になっていた。

杉材でできた木枠の天井や淡い灰色の壁が印象的だ。

ユイは彼の寝室で初めて彼の腕に抱かれた。石造りの中世の建物。幕のかかった寝台で。

「過去からやり直そう、千年前から」

切なそうに言われ、ユイは息を止めた。顔をあげると、大きな影が顔にかかり、あごを引きあげられて唇をふさがれていた。

「……っ」

初めてのキス。初めてのぬくもり。あたたかな唇が優しく唇に触れる。

熱っぽく、やわらかで、そして甘い唇が愛おしい。

「あ……ふ……んっ」

息ができない。これがくちづけ。こんなのは初めてだった。腰から下が力が抜けたようになってしまう。

くったりとしかけたユイの身体をクライヴが抱きあげる。

「あ……っ」

「抱いてもいいか」

まぶたを閉じ、ユイはうなずく。

「はい」

男の子は愛しあえない。男の子は子供のまま逝く。

ああ、それもこれで変わるのだ。千年前からの呪縛だったそれが……。

薄い身体を大好きなひとの腕に包みこまれ、クライヴの手が腹部の皮膚を撫でながら胸へとあがってくる。

乳首に触れられたとたん、どくっと動悸が激しくなる。

でも怖くない。ユイはその背に腕をまわした。

きゅっと乳首を抓《つま》まれると、皮膚の奥にじんわりと熱がこもり始める。

「気持ちいいのか？」

「はい」

ああ、彼と結ばれるのだと思うと本当にそれだけで失神してしまいそうだった。くいっとチュニックの前立てがひらかれ、首筋に熱っぽい吐息が触れる。

「……っ……」

「ユイ……いい香りがする、春の花の香りだ」

首筋の髪を指先でゆっくりとかき分け、クライヴが唇を押し当ててくる。彼の気配が肌を撫でていくのが心地いい。

しっとりと首筋の皮膚に押しつけられていく唇が愛おしい。

皮膚の感触を味わうように薄い皮膚を食《は》まれる。

「……っ……あ……」

首筋が熱い。触れている場所が変化していくような気がする。誰にも触れられないと思っていた自分の肉体から、人と愛しあうためのものへ。

やがてひらかれた足の間に、彼のモノがゆっくりと挿りこんでくる。

「ああ……っ」

クライヴはユイの腰を浮かせ、奥へと挿りこんできた。

「落ち着いて。……大丈夫だから」

大丈夫……。その言葉の響き。聞こえる喜びが胸に広がる。

「大丈夫、なにも怖くない。ここで愛を貫いて、そして来世も幸せになろう」

クライヴが上からユイの顔をのぞきこんでくる。

美しい眸、優しく包み込んでくれるも眼差しが愛しくて仕方ない。

その言葉に、ユイは泣きながらうなずいていた。

前世を変えることで来世も変わる。

そのために過去に戻ってきたのだ、自分たちは。

未来の記憶を持ったまま、ここでやり直して生きていく。この静かな、クライヴのための城で、敵からも誰からも邪魔されずに。

その幸福感に溺《おぼ》れながらユイはクライヴの背に腕をまわしていた。


過去をやり直して、未来を変える。

それができるのかどうかわからないし、今、現実にこうしているのが夢のなかなのかさえもわからない。

だが、翌朝、目を覚ましたとき、ユイは自分の力がなくなっていることに気づいた。

「身代わりの癒し」の力がもうない。

なにに触れても命の感触がない。

そのことをクライヴに告げると、彼はほっとしたような顔でユイを抱きしめた。

「よかった、それでいいんだ。普通の人間になったんだよ、ユイは」

「でも誰も助けられない」

誰も助けることができないのに、自分の存在意義があるのだろうか。

「いや、もっと大きな助けを与えてくれてるんだよ、ユイは」

クライヴがユイを抱き寄せ、微笑する。

「……」

意味がわからない、どうしてそんなことを。

「一緒に生きてくれること。それこそが最高の癒しであり、最高の助けだから。俺と一緒にいてくれさえすれば」

「だけど」

「俺は王になって、この国を平和にする。それこそが最高の癒しだろう？」

最高の……。

そうか、そんな力がなくても、平和な国、平和な生活があれば――。

「でも病気の人は……」

「飢えや疫病の少ない国を作るつもりだ。だが、それはその人それぞれの寿命だ。きみが与えるものじゃない。ドルイドの巫子が身代わりになるものでもない」

クライヴはキッパリと言った。

「だから、きみの人生はきみのために。きみの寿命はきみのために使うんだ」

「……っ」

ぼくの人生？　そんなこと、考えたこともなかった。

「大人になって、歳をとって、一緒に老いていこう」

一緒に老いる。ドルイドの巫女は大人になる前に土に返さなければといわれていた。でもそれは権力者側からの理屈だったのだ。

「ぼく……大人になってもいいんだ。土に返らなくても……」

「もう大人だよ。土に返るのはもっと未来だ」

クライヴはユイに真新しい白のチュニックドレスを着せ、自分も白く上質の膝丈の衣服を身につけ、そのまま湖のほとりへと連れて行った。

今日は霧がない。湖かと思ったら、そこは海だった。

スリーヴ・リーグの断崖。風はなく、波も静かだ。

その断崖の上に登り、遠くはるか先の海原を見下ろす。

「それは？」

「これから春が来る。この世界が一番きれいな春が」

白詰草の花で冠を作り、クライヴはユイの頭に乗せた。

「結婚してくれ」

「男だよ、ぼく」

ユイはくすっと笑った。

「知ってる」

「いいの？」

「二度と手放さない。ここで、一生、幸せに寄り添って、寿命をまっとうして、それから来世で、クリスマスイヴに俺が指揮する『歓喜の歌』で歌う。約束だ」

「うん、約束する」

手と手をとって、抱きしめあって、永遠の愛を誓う。

彼が編んだ花冠、彼が小指にはめてくれるクラダリング。

今度こそ未来もきっと同じように幸せな二人が同じことをしているのだと信じながら。

クライヴとユイ――信じること、愛すること、そして相手を思うこと、さらに寄り添うことができたとき、きっと未来が変わっているのだと実感しながら、ユイはクライブの手を握りしめ続けた。

未来のぼくへ。

必ず幸せになるから。だから、未来のぼくも幸せに。

終章　未来のふたり

『──ユイ、どうせ男の子は長生きしないの。おまえは永遠に子供のままなのよ』

お母さんの声がずっと耳の奥で鳴り響いている。

『おまえには呪われた血が流れているの。生まれてはいけない子だったのよ』


目を覚ますと、透明なベビーブルーの空が広がっていた。

「ユイ、ユイ、しっかりしろ」

その声に引き戻されるように目を覚ます。

「大丈夫？」

クライヴが心配そうにユイの顔をのぞきこんでいた。まだ初めて出会ったときのころの金髪の少年のままのクライヴが。一面、白詰草の花が咲くモハーの断崖の灯台の下。二人の間にはふわふわの真っ白な子猫が丸まっていて、ぬくもりを与えてくれていた。

──猫なんていたっけ？

「よかった、意識がもどって」

ほっとしたようにクライヴが微笑する。

「あの……今、いつ？」

「いつって？」

「どうしてあなたとぼくがここに？」

「ここにって、さっき、イートン校から戻ってきたとき、きみを誘って遠乗りにきたんだけど、忘れてしまった？」

「じゃあ、ぼく……八歳のときにもどったの？　きみは十三歳で」

「もどったって？　たしかに俺は十三歳だけど」

クライヴと初めて出会ったときにもどったのだ。

「あの……ぼくのお母さん……きみのお父さんの愛人じゃないよ、ぼくも異母弟じゃなくて」

クライヴがきょとんとした顔でこちらをじっと見ている。

「あの……」

「きみ、変な夢でも見てたの？　俺たち、親戚だろう」

「え……」

「愛人もなにも、きみのお母さん、俺の母さんの妹だけど」

どういうことなんだ。いとこ？

「俺の母さんの妹だろう？　日本人のケルト文学の学者と結婚して、ずっとイギリスの大学で研究していたけど、今度、新たにこっちの大学の文学部で教えることになって、昨日、挨拶にきてくれたじゃないか」

「あれ……お母さん、お父さんに捨てられてないの？」

そう……ぼくのお父さんは日本人だと聞いたけど、会ったこともなくて。

「もしかして、今、馬から落ちたとき、記憶が曖昧になったの？」

「馬から？」

「うん、今さっき」

クライヴの話だと、一緒にここまで遠乗りにきたけれど、突風に驚いて馬が方向転換したとき、クライヴと二人で落馬してしまったとか。

「そうだったんだ、長い夢を見ていたのかな」

じゃあ、二人はまだ出会ったばかりで、これからいろんなことが起きていくのだろうか。

過去のことも夢だったの？

「夢って？」

「うん、きみとぼくが大人になっていて……きみは有名な指揮者で、ぼく……その音楽が大好きで。あ、でも生まれ変わる前のことも」

「……」

「そう、ぼく、あなたに密書を渡せなかったんだけど、もう一度、やり直したいと思ったら、今度は渡せたんだ。やり直せたんだよね」

そう、夢のなかでそんなふうになっていた。

「違う？」

「え……あ、ああ」

クライヴが不可解そうな顔をしている。

「よくわからないけど……救急車を呼んだほうがいいかな。きみ、どこか悪いところを打ったのかもしれない」

クライヴがスマートフォンをとり出したとき、彼の手にすり傷があることに気づいた。

「あ、怪我、治さないと」

ユイは彼の手をとった。しかし彼の傷が治らない。

「あれ……傷が治らない」

「え……」

「どうしたんだろう、ぼく……触れただけで怪我や病気を治せたのに。癒しの力があったのに」

するとクライヴがくすっと笑った。

「どうしたの、ドルイドの巫子でもあるまいに」

「ドイルドなんだ、ぼく」

「やっぱり病院へ行こう。きみのお父さん、癒しの力があるドルイドの研究をしているそうだけど、お母さんが笑っていたじゃないか。そんなドルイドの巫子なんていないのにって」

「いない？」

クライヴがうなずく。

「いくらケルト文学の学者の息子だからって夢見がちなんだな、きみ」

いないんだ、もう。そして力もないんだ。

「そっか。そうなんだ。よくわからないけど、よかった、癒しの力がなくて」

「子供には印象的だったのかな。昨日、お父さんが話していたよね、ドルイドの民話。あれ、強烈だったから」

クライヴが言うには、昨日、ユイの父親がみんなにドイルド伝説の話をしたらしい。

囚われの王子と、それを助けたドルイドの少年の物語。

「きみ、途中で眠ってしまったよね」

「最後はどうなったの？」

「王子は誰とも結婚せず、王となったあと、薬師となった少年をずっと愛し続けたらしいよ。二人は寿命をまっとうして、今も同じ墓に眠っているって」

「そうなの？」

「そう、そこにあるじゃないか」

クライヴが指差した場所に、ケルト十字の墓標があった。

「俺の先祖の墓だよ」

純白の白詰草の花畑で守られているお墓があった。

ああ、変わったのか。

目の前に広がる雄大な大西洋の海原と広大な断崖。太古から姿を変えてないというその丘に、ひっそりと建ったケルト十字の墓標……。びっしりと白詰草の花に覆われた白とクローバーの葉の緑がまばゆい太陽に照らされている。あざやかな白と緑が光に輝く世界のなか、水の底まで見透せそうな蒼い海が水晶のように美しく澄んでいる。

「これ、四つ葉のクローバー？」

白詰草の花とともに広がるクローバーに気づき、ユイはハッとした。

「そう、ここは有名なんだ、四つ葉のクローバーしか育たないって」

四つ葉のクローバーしか？　そんなはずではなかったのに。その反対だったのに。

「どうしのた。不思議な顔をして」

「うん、ぼく……長い夢……見てた」

あまりにも陽射しがまばゆくて息が苦しくなってくる。嬉しくて。幸せでなぜか胸の奥が痛くなって涙が流れてきそうになる。

「夢？」

「うん、その王子と巫子がね、生まれ変わって、ぼくとクライヴになる夢」

「ああ、そのことか」

「そのこと？」

問いかけると、クライヴはユイの手をとって墓の後ろへと連れていった。

そこの石碑に刻まれた文字、古いケルト語の碑文をクライヴが読んでくれた。

「二人の生まれ変わりがここに現れたとき、新しい時間が始まる……これ、俺ときみのことだと思うんだ」

ぼくとクライヴの過去世？　そうか、変わったんだ。過去が変わったから、今のぼくたちも。

ふっとなにかそんな意識が身体のなかを駆けぬけた。

ああ、やり直せたのだ、あのとき、やっと密書を渡せたから。

不幸な別れ方をした二人が元にもどって、それからやり直せたのだ。

それがわかった瞬間、ユイの身体からこれまでの記憶がどんどん薄れて消えていく。

「ぼくの長い夢……終わったんだ」

「夢？」

「うん、もう終わった。これからは新しい夢を見る」

どんな夢を見ていたのか、さっきまではっきりと覚えていたのに、今はもう忘れてしまった。

とても切なくてとても哀しくて、でもとても愛おしい夢を見ていた気がするけど。

「そうだ、変わったといえば、さっきのきみの一言で夢を見ることにした」

クライヴは笑顔で言った。

「指揮者になる夢……ずっと目をむけようとしなかったけど、俺、本当にやりたいことをやろうと思う。何となく見えたんだ、あのとき」

「見えたって？」

「俺が指揮をして、きみが歌っている……そんな夢」

「いいね、ぼく、音楽大好きだよ」

「オペラをね、きみのために作曲して上演しているんだ。それからね、結婚するんだ、レモンドリズルケーキにナイフを入れながら、愛を誓う……そんな夢を見たんだ」

そんな夢を叶えたいと言いながら、クライヴはユイの手をとった。

これからの未来、これからの新しい夢、それは二人がこれから作っていく。

その実感を抱きながら、ユイはクライヴとともに歩き始めた。

前世の自分たちの墓標に背を向け、これから新しく塗り変えられるであろう未来のために。

こんにちは。この本をお手に取っていただき、ありがとうございます。

アイルランドを舞台にした薄幸健気少年を溺愛スパダリが救う王道を目指したのですが、千年前、二人が前世でお互いに相手が好きすぎてやらかしたことがあったため、生まれ変わった現世でもうまくいかない……けど、うまくいくようにする、というお話です。輪廻転生、三世、業……仏教の話？　と自分ツッコミしながら書いていましたが、ケルトも不思議な言い伝えがあるので、まあ、いいですね。作中のお菓子の数々は、大学時代の友人が英国人のお菓子教室の作品をよく送ってくれるのでそのままモデルにしました。アイルランド料理は現地で私が食べたものがモデルです。

イラストをお願いしました氷堂《ひどう》れん先生。繊細な表紙と口絵に加え、モノクロ、一枚一枚のドラマチックな雰囲気がとても素敵で感動しています。本当にありがとうございます。担当様には……すみませんとしか言えないです。読んでくださった皆様、ありがとうございます。久々に痛くて暗い話を書きましたが、暗いの、もっと読みたいという方がいらしたらご連絡ください。楽しい場面もあるので、ほんわかがお好きな方にも楽しんでいただけていたら。よかったら感想などいただけましたら嬉しいです。

CROSS NOVELSをお買い上げいただき
ありがとうございます。
この本を読んだご意見・ご感想をお寄せください。

〒110-8625
東京都台東区東上野2-8-7　笠倉出版社
CROSS NOVELS 編集部
「華藤えれな先生」係／「氷堂れん先生」係

CROSS NOVELS

余命半年の僕と千年の恋人

著者
華藤えれな

2022年3月23日　初版発行　検印廃止

発行者　笠倉伸夫
発行所　株式会社 笠倉出版社
〒110-8625 東京都台東区東上野2-8-7 笠倉ビル
[営業]TEL　0120-984-164
FAX　03-4355-1109
[編集]TEL　03-4355-1103
FAX　03-5846-3493
http://www.kasakura.co.jp/
振替口座　00130-9-75686
印刷　株式会社 光邦
装丁 Asanomi Graphic
ISBN 978-4-7730-6330-1
Printed in Japan